Les aventures d'Odilon

Sophie RICHARD-LANNEYRIE

Les aventures d'Odilon

Tome 3

La vengeance

Roman

Édition : BoD · Books on Demand GmbH, In de Tarpen 42, 22848 Norderstedt (Allemagne)
Impression : Libri Plureos GmbH, Friedensallee 273, 22763 Hamburg (Allemagne)

ISBN : 978-2-3225-2386-3
Dépôt légal : Novembre 2024

Ouvrages de Sophie Richard-Lanneyrie

Aux Éditions BOD :
Romans et Nouvelles
Les Contes de Sophie
Un Monde de Femme
Les aventures d'Odilon
Les aventure d'Odilon Tome 1, Tome 2 et Tome 3 (Versions illustrées)
Le trésor du Pirate
La fille du Vent
Les apprentis anges gardiens
Essais
Les grandes histoires de la mythologie.
Une histoire de la communication au travers de la création et de la transformation de l'espace public.
La vie et l'histoire des Salons des XVIIème et XVIIIème siècles.

Aux éditions Le Génie :
Livres de cours et exercices
Histoire et Théorie de la communication : bagage culturel et pratique pour l'analyse critique
Les Clés du Marketing
Exercices de Marketing
Dictionnaire du Marketing
Les Clés du marketing International
Exercices de marketing international
Annales d'Étude de Cas BTS Communication Pochette F1, F2 et Étude de cas BTS Communication (Directrice de Collection)
12 cas de communication d'entreprise (théorie, méthodologie et pratique)
Essai (Collection Les mini-génies)
L'E-marketing
Le mobile-marketing
La délocalisation
La PNL
Le Coaching

Sous le pseudonyme de Sophie Chalandry
Contes féériques et extraordinaires.
Nouvelles policières et mystérieuses.
Contes maritimes et bucoliques (Edités aussi en Livre Audio)

Contact auteur : sophie.richardlanneyrie@yahoo.fr
Site Internet : http://sophie-richardlanneyrie.fr
Blog : http://sophierichardlanneyrie.overblog.com/
Chaine YouTube : http://@SophieRichardLanneyrie

TOME 3

LA VENGEANCE

CHAPITRE XXXXVIII

Les préparatifs du tournoi

Le jour du tournoi, tant attendu et tant redouté arriva. Les préparatifs avaient commencé de part et d'autre et tous les participants étaient maintenant prêts à la bataille.

Tôt le matin, Garin avait été cherché, dans leur cachot, Hermeline et Adeline. Il avait jugé plus tactique de laisser Aliénor comme otage, enchaînée dans les profondes douves du château. Ainsi était-il certain qu'Adeline pour ne pas risquer la vie de sa mère ne tenterait rien contre lui et ne se laisserait pas tenter par une évasion si celle-ci s'offrait à elle. Il comptait d'ailleurs sur la docilité forcée d'Adeline pour apitoyer Hermeline et la freiner elle aussi si par hasard des idées d'évasion lui venaient à l'esprit.

Garin se méfiait de la famille de Beaufort et il était conscient que l'union faisant la force, la réunion dans un vaste espace de cinq à dix kilomètres de plusieurs membres de la famille leur donnait un avantage non négligeable sur lui. Aussi, voulait-il mettre toutes les chances de son côté.

Durant leur incarcération, les cinq femmes avaient eu tout le loisir de s'entretenir. Hermeline les avait ainsi mis au courant du plan d'Odilon et avait expliqué, en détail, à Nicolette et Laudine ce qu'elle attendait d'elles. Elle tablait sur le fait que

Garin ferait appel à elles, à l'aube du tournoi, pour servir de copieuses rasades d'alcool destinées à préparer ses hommes à la bataille et à les encourager. C'est à ce moment que les deux servantes devaient intervenir et verser la poudre d'Odilon dans le contenu des barriques, ce qui aurait pour effet de diminuer leur faculté, voire de les endormir. Mais encore fallait-il qu'elle parvienne à remettre à l'une d'elles la boite d'Odilon sans laquelle son plan ne pouvait marcher. Et cela n'était pas une mince affaire, attachées qu'elles étaient dans ce cachot, chacune à 1 mètre de distance !

Aux premières lueurs de l'aube, peu avant que Garin vienne chercher Hermeline et Adeline pour l'accompagner au tournoi, ce qu'Hermeline avait pressenti se produisit. Raoul vint chercher Laudine et Nicolette pour préparer la fête que Garin comptait bien donner avant et après le tournoi, pour fêter la victoire qu'il escomptait.

Alors qu'on les détachait, Laudine et Nicolette, qui se trouvaient à côté d'Hermeline, se demandaient comment elles devaient s'y prendre pour se procurer la boite d'Hermeline. Toutes deux échangeaient des regards interrogateurs et cherchaient le moment propice pour agir. Ce dont elles étaient sûres, c'était qu'il ne fallait pas qu'elles sortent du cachot sans cette boite.

C'est alors que Nicolette eut une idée. Alors qu'elle venait d'être détachée et que le soldat la tenait par les bras, elle eut la présence d'esprit de prétexter une défaillance et se laissa glisser, les jambes molles sur le sol. Le soldat tenta de la relever, mais n'y arrivant pas appela son acolyte et lui demanda de l'aider. Laudine y vit un signe lancé par Nicolette. Pendant que les gardes avaient le dos tourné, elle plongea sa main dans la poche secrète de la robe d'Hermeline où elle savait que se trouvait la boite et la cacha à son tour dans un des plis de son habit. Cela ne prit que quelques secondes et les gardes n'y firent pas attention, trop occupés qu'ils fussent à aider Nicolette à se relever, celle-ci prenant un malin plaisir à compliquer leur tâche. Un clin d'œil suffit entre les deux servantes pour qu'elles comprirent que leur tentative avait réussi.

Une fois les servantes sorties, Hermeline se sentait rassérénée. Bien que consciente que les difficultés ne faisaient que commencer, il lui semblait ainsi avoir pris une part à la vengeance que tramait son fils et l'avoir ainsi aidé avec ses modestes moyens.

Garin et ses invitées forcées arrivèrent les premiers sur les lieux de la rencontre. Ils s'étaient installés dans la tribune d'honneur qui surplombait le terrain du tournoi. Situés à égale distance entre le château et la forêt, au milieu du terrain, Garin et ses hôtes pouvaient ainsi suivre le tournoi et en avoir une vue d'ensemble. Garin s'était éloigné pour donner ses ultimes recommandations et apparaître quelques instants à sa fête, mais il avait pris soin de laisser derrière Hermeline et Adeline deux soldats chargés de les surveiller.

Hermeline était tendue. Des questions sans réponse lui taraudaient l'esprit : qu'allait-il se passer ? Odilon lui ayant dit qu'il participerait au tournoi, allait-il tomber dans le piège de Garin ? Qu'allait-il advenir de lui ? Hermeline ne voyait pas comment son fils pourrait sortir vivant d'une telle bataille. Elle connaissait bien la violence des tournois qui ressemblaient plus à de vraies batailles qu'à des affrontements fratricides. Elle avait parfois assisté à ceux auxquels participait son époux, Hugues, le père d'Odilon, mais elle n'avait jamais réussi à s'y faire et elle n'avait jamais compris le plaisir que Hugues pouvait avoir à participer à ces batailles rangées entre armées équipées comme pour la guerre.

Pour Hermeline, ces batailles n'étaient rien d'autre pour son chevalier de mari que l'occasion de s'entraîner au combat en tant de paix. Mais elle ne comprenait pas l'intérêt de risquer sa vie quand cela était inutile. Elle savait également que Garin n'avait pas le même sens de l'honneur que Hugues et elle avait l'intuition, comme Adeline l'avait supposé, que les règles habituelles d'un tournoi seraient faussées.

Elle observa les préparatifs du tournoi. La fête organisée avant la rencontre avait déjà commencé. Elle chercha du regard les soldats de Garin et fut surprise de ne pas les voir au milieu des fêtards. Sa poitrine s'étreignit à l'idée que Garin s'était peut-être méfié de quelque chose. Elle jeta un regard à Adeline qui était à ses côtés, mais n'avait pas dit un mot depuis leur départ du château. Celle-ci s'aperçut de son trouble.

- 	Que se passe-t-il ma tante ? murmura telle à Hermeline.
- 	Les soldats ? Où sont les soldats ? Ils ne participent pas à la fête ?!

Adeline jeta à son tour un regard circulaire, mais ne put que faire le même constat que sa tante.

- 	En effet, je ne les vois nulle part.
- 	Mais c'est épouvantable ! Odilon est perdu ! s'écria Hermeline en sanglotant.
- 	Ayez confiance, ma tante ! Je vous en prie ! implora Adeline.

Hermeline lui sourit, mais elle avait envie de fuir, de courir au-devant d'Odilon pour l'abjurer de ne pas participer à ce tournoi, à ce piège mortel. Elle pensa à Aliénor, enfermée, seule, prisonnière dans le château ; fuir équivaudrait à la condamner à mort !

-        Nous sommes perdues ! se dit-elle et ses forces l'abandonnèrent.

Son dernier espoir était qu'Odilon ne vienne pas. Elle prit la main d'Adeline dans la sienne pour la réconforter, mais surtout pour l'aider à supporter cette attente intolérable.

Garin, de son côté, assistait avec un vif plaisir aux danses et aux fêtes qui précédaient la rencontre. Au dernier moment, poussé par un pressentiment qu'il ne pouvait lui-même expliquer, il avait interdit à ses hommes d'y participer et lui-même avait refusé de trinquer avec ses hôtes, prétextant vouloir garder les idées claires.

Et il s'en félicitait maintenant qu'il voyait nombre de ses invités s'effondrer comme des mouches après avoir bu une gorgée du délicieux vin qu'il leur avait fait servir. Cela l'intriguait au plus haut point et il fallait bien qu'il s'avouât à lui-même qu'il ne comprenait rien à ce qui se passait.

Le vin était entreposé dans les caves du château jusqu'au moment où on avait remonté les tonneaux pour le servir à la fête. Il était impossible que ce vin soit mauvais, il en avait goûté lui-même la veille au soir et avait été nullement indisposé. Aussi fallait-il que ce soit autre chose ? Mais Garin n'avait aucune idée de ce que cela pouvait être. Hermeline et sa famille étaient enfermées dans le château et personne n'avait franchi les portes du château. Seules les servantes auraient eu le loisir de verser quelque chose dans le vin alors qu'elles se chargeaient du service. Il éclaircirait ce point plus tard. Il ordonna de mettre fin à la fête et de transporter les invités indisposés dans un autre lieu. Puis, il se dirigea vers la tribune d'honneur et rejoignit Hermeline et Adeline.

- Le tournoi va bientôt commencer Mesdames. Nous allons enfin pouvoir nous amuser.
- Vous vous amuserez peut-être, Monsieur, mais vous comprendrez que nous ne partagerons pas votre joie, dit Hermeline avec un sursaut de fierté.

La vue de Garin lui faisait horreur et elle ne voulait pas lui montrer sa faiblesse.

- Comme vous voudrez Madame, comme vous voudrez. Mais permettez-moi d'avoir hâte de vous prouver ma puissance.
- Votre puissance ? Ironisa Hermeline, mais de quelle puissance parlez-vous ? Vous qui n'avez même pas le courage de participer à ce tournoi.
- J'y participerai Madame si l'occasion m'en est donnée, n'ayez crainte Garin ne se défile jamais.
- Ce n'est pas l'impression que vous m'avez faite Monsieur !
- Freinez votre insolence, Madame vous n'êtes pas en état de vous le permettre.
- Je me permets ce que je veux et ce n'est sûrement pas vous qui m'empêchez...
- ... de voir votre fils mourir sous vos yeux ? Ah ça, non Madame, je n'attends que cela !

Hermeline eut un sursaut qui n'échappa pas à Garin. Il la toisa de la tête aux pieds d'un air méprisant.

- Je me demande l'effet que cela fait à une mère de voir son fil mourir sous ses yeux ?
- Vous êtes un monstre ! s'écria Hermeline en se jetant sur Garin et en lui assenant des coups de poing sur la poitrine.

Garin éclata de son rire sardonique tandis que les soldats placés derrière lui intervenaient, éloignant Hermeline.

- Ah ah ah ! Voilà bien le premier compliment que vous me faites, Madame. Voyons, soyez raisonnable ! Vous croyez me faire du mal avec vos petits poings ?

Hermeline tenta de se dégager de l'emprise des soldats, mais ceux-ci la tenaient fermement par les avant-bras. Garin leur fit signe de la lâcher et ils reprirent leur place.

- Et qu'allez-vous faire de nous ? demanda Adeline non sans une certaine appréhension.
- De vous ? répondit Garin. Ma foi, cela me semble évident. Tablons sur le fait qu'Odilon va venir et qu'il va mourir, ne vous en déplaise Madame, ajouta-t-il en se tournant vers Hermeline. Odilon mort, il ne faut plus qu'il reste de descendant de votre lignée. Les moyens ne manquent pas et les choix sont bien difficiles. Ma préférence, je l'avoue, va à la torture : je crois à la souffrance ultime voyez-vous. Je vous ferai supplicier sur la place centrale et je laisserai à mon bourreau le choix du supplice le plus long, le plus déshonorant et surtout, surtout, le plus douloureux pour que vous ayez le temps de vous voir mourir.

Adeline se serra dans les bras d'Hermeline. Au même moment Raoul arrivait encadré par quatre hommes à la solde de Garin.

-       Vous êtes-vous bien entraîné mon ami ?
-       Je crois, répondit Raoul.
-       Je l'espère pour vous, j'ai hâte de voir ce que vous êtes capable de faire sur ce terrain. Allez vous préparer, j'ai dans l'idée qu'Odilon ne tardera pas.

En réalité, Garin montrait une certitude de façade.

Garin vouait à la famille de Beaufort une haine sans limites. Et l'attitude de cette famille à son égard, l'évasion d'Odilon, la fuite de Bertille et l'insolence d'Hermeline ne faisaient que la décupler. Il se sentait enchaîné, comme pris au piège par son propre stratagème. Il n'était même pas sûr que son plan se déroulerait comme il l'avait prévu. Il avait dû le changer si souvent ce plan si bien huilé ! Il ne savait pas ce qu'Odilon allait faire. Il ne savait même pas où il se trouvait au moment où il parlait. Il jouait quitte ou double. Il était cependant certain de ne pas perdre la face puisqu'il avait des otages : si Odilon ne venait pas aujourd'hui, il s'en prendrait à sa mère, voilà tout. Au fond de lui-même, il espérait presque qu'Odilon manquerait de courage au dernier moment pour pouvoir faire subir à Hermeline le supplice qu'il lui avait promis.

La disparition de Bertille l'ennuyait : il l'avait cherchée partout dans le château, mais il ne l'avait trouvée nulle part. Il avait questionné les gens sans plus de succès, personne ne sachant, ou ne voulant dire, ce qu'il savait ni répondre à ses questions. Ce qui l'intriguait c'est qu'Hermeline ne semblait pas plus inquiète que cela de la fuite de sa fille alors qu'elle avait toujours été très proche de ses deux enfants. Cela voulait-il dire qu'elle savait quelque chose que lui n'avait pas réussi à savoir ? Mais de quoi pouvait-il s'agir ?

Dans son délire, Garin devenait méfiant de tout et de tout le monde, il ne pouvait même plus faire confiance à Raoul en qui il sentait pointer la crainte et le mépris. Il se rendait bien compte qu'il était de plus en plus seul, mais il lui semblait néanmoins que la victoire était au bout de ce tournoi même si tout ce qui se passait autour de lui avait quelque peu bousculé ses plans et l'avait contraint à adapter un nouveau stratagème en fonction des circonstances, ce qui le déstabilisait un peu. Il aurait aimé être dans la position plus confortable de celui qui dirige, qui joue avec les pions blancs des échecs, plutôt que d'être celui qui se défend contre un ennemi invisible, qu'il s'est lui-même créé et dont il n'arrive pas à suivre les traces. Il se demandait encore ce qui avait raté dans son plan. Mais plutôt que de se remettre en question, il préférait rejeter la faute sur ses hommes qu'il rendait responsables de ses échecs. C'est d'ailleurs la raison pour laquelle il avait préféré reprendre les choses en main, il était ainsi plus sûr de la victoire finale.

Pendant qu'il déroulait ses pensées dans sa tête, il ne put s'empêcher de dévisager Adeline comme il ne l'avait encore jamais fait depuis son arrivée avec sa mère, Aliénor, au château. C'était une belle jeune fille, à la longue chevelure blonde couleur des blés, ses yeux pers lui donnant un charme fou. Elle possédait des manières extrêmement raffinées et son langage avait quelque chose de recherché malgré la spontanéité qui la caractérisait et qu'elle avait en commun avec Bertille. Mais elle avait quelque chose de plus réfléchi dans le comportement peut être eu égard à la différence d'âge qu'elle avait avec Bertille et qui la rapprochait d'Odilon à moins que ce ne soit dû à la disparition prématurée de son père alors qu'elle était encore une toute jeune enfant et qui l'avait rendue orpheline bien jeune. Mais cette gravité dans ce regard doublé de cette innocence lui donnait une allure particulière, un je ne sais quoi de merveilleux. Garin se sentait mal à l'aise en la compagnie d'Adeline, inconsciemment il cherchait à l'éviter, c'était un peu comme s'il sentait qu'elle était capable de le percer à jour, de lire dans ses pensées.

Sur le terrain, les deux camps se préparaient à l'affrontement et s'organisaient pour la bataille en se disposant en deux armées comme pour une guerre. Un peu plus loin, le public — que Garin avait autorisé à venir assister à sa consécration qu'il croyait proche — commençait à arriver. Une foule plus ou moins compacte, avide de sang et de souffrance, se rassemblait aux abords du terrain.

La présence d'un public faisait partie du plan de Geoffroy. Il avait escompté que ses partisans pourraient se mêler à la foule des badauds qui s'agglutinait contre les barrières pour assister au spectacle. Il avait réussi à prévenir ses partisans et nombreux avaient répondu à l'appel. Ils s'étaient glissés parmi la foule les uns déguisés en moines, les autres en marchands. Tous portaient une arme dissimulée dans les longs et lourds manteaux qu'ils s'étaient confectionnés pour l'occasion. Tous attendaient avec impatience le moment où ils pourraient prêter main-forte à Odilon et se réjouissaient de l'instant où ils pourraient faire ressortir toute la haine qu'ils avaient accumulée contre un seul homme durant ces longs mois de réclusion. Tous n'attendaient qu'un ordre : celui que Geoffroy devait leur faire le moment venu.

D'autres hommes de la bande à Saurus ne s'étaient pas joints à la foule, mais s'étaient disséminés tout autour du terrain suivant les ordres Geoffroy. Ils faisaient partie des archers auxquels incombait la lourde tâche de mettre en joue les hommes de Garin et de couvrir ainsi Odilon lors du tournoi. Ils étaient tapis derrières de gros rochers ou camouflés à l'aide de branches d'arbres et de feuilles confectionnées de telle sorte qu'ils ressemblaient à des petits bosquets mobiles.

Quelques hommes, enfin, étaient restés en forêt pour parer au repli stratégique d'Odilon après la joute finale.

Du haut du logis qu'il avait transformé pour l'occasion en tribune d'honneur, Garin — qui suivait pourtant avec le plus grand intérêt les préparatifs — ne prêta cependant pas attention au mouvement de certains badauds, qui, dans la foule, étaient plus enclins à échanger des signes qu'à prêter attention au spectacle qui se passait sous leurs yeux.

Dans la foule, sans que personne ne s'aperçoive de leur présence, s'était également glissé un groupe de moines accompagnés d'un étrange personnage, affublé d'un accoutrement bizarre, comparable à une vieille défroque.

Chapitre XXXXIX

Une douloureuse attente

Odilon, tapi dans un coin à l'orée de la forêt, attendait le moment propice pour entrer dans la joute. Ses mains étaient moites, son cœur battait la chamade, ses jambes le portaient à peine, se dérobant sous ses pieds. Il se sentait frêle, comme s'il était fiévreux, mais il savait que, maintenant, il ne pouvait plus reculer. Son destin était en route, la mécanique du plan de Geoffroy bien huilé, tous ses amis comptaient sur lui, il ne pouvait pas se dérober.

Il eut une pensée pour sa sœur. Il se remémora ses précieux et si judicieux conseils : que ne l'avait-il pas écouté alors qu'il en était encore temps ? Il lui semblait maintenant que le tournoi était proche, qu'il n'avait pas assez réfléchi et qu'il s'était peut-être laissé emporter par sa fougue naturelle et sa hâte d'en finir avec Garin. Pourtant, une petite voix, tout au fond de lui, lui disait qu'il avait bien fait et qu'il agissait pour le bien. Alors, Odilon se consolait en se disant qu'après tout, si le destin était juste, le bien devait triompher.

Il donna une petite tape à Victoire, qui semblait attendre patiemment le moment d'entrer en scène. Odilon, lui, aurait fait n'importe quoi pour reculer ce moment. Il lui semblait impossible d'entrer sur le terrain : plus le moment approchait, plus il avait l'impression d'étouffer.

Il chercha dans sa poche, le talisman que la sorcière de la forêt lui avait remis. Il le serra dans sa main et le posa dans sa paume gauche : c'était une petite pièce bien modeste en apparence, mais était-ce par superstition, Odilon voulait croire à son pouvoir.

-        Tu sembles nerveux, dit une voix à côté de lui
-        Hein, sursauta Odilon. Oh ! C'est vous Maître Hann.

Maître Hann, venait d'apparaître, le dos posé contre le gros chêne auquel Odilon avait attaché son cheval.

-        On le serait à moins ! répondit Odilon.
-        Tu ne devrais pas, pourtant précisa le vieux sage.
-        Vous pensez sérieusement ce que vous dîtes ?
-        Tu as déjà franchi de dures épreuves, ces temps derniers, et toutes avec succès. Tu réussiras celle-ci également, assura le vieil homme.
-        Vous croyez ? demanda sceptique Odilon.
-        J'en suis certain.
-        Comment pouvez-vous en être si sûr ?
-        Malgré les coups du sort, les obstacles que tu as rencontrés, tu as su rester fidèle à toi-même, à tes principes, à tes convictions. C'est ta force d'âme qui t'a sauvé, car elle est plus forte que le destin. C'est elle qui t'aidera encore aujourd'hui !
-        Puissiez-vous avoir raison ! soupira Odilon.

Maître Han remarqua qu'Odilon serrait quelque chose dans sa main.

-        Que tiens-tu dans ta main ?
-        Le pentacle que m'a donné la sorcière.

-       Tu ne devrais pas en avoir besoin.

-       Vous le pensez vraiment ?

-       As-tu bien regardé les armoiries que la fée t'a inscrites sur ton écu ?

-       Oui. Une colombe, une branche de laurier et un rameau d'olivier.

-       Et sais-tu ce que cela signifie ?

-       Pas vraiment en fait.

-       La colombe est un symbole de pureté et d'innocence : la fée semble t'avoir bien jugé. Il est vrai que tu es parfois bien naïf...

Odilon fit la moue.

-       La colombe participe au bien, enchaîna Maître Han. Sais-tu que la colombe est le seul animal en lequel le diable ne peut puisse pas s'incarner ?

-       Non, je ne le savais pas.

-       La colombe est associée à Aphrodite, la déesse de l'amour dont le char est parfois tiré par de colombes.

-       Ce n'est pas cela qui me fera vaincre dans ce tournoi !

-       Qu'en sais-tu ?

Odilon regarda avec surprise Maître Han qui continua sans se laissa distraire.

-       La couleur blanche de la colombe peut également être associée à ce qui est invisible, à ce qui ne s'est pas encore manifesté. Il est vrai que tu n'as pas encore gagné ton tournoi !

-       Ça non ! Loin s'en faut ! soupira Odilon

-       Quant à l'olivier, poursuivit le vieux sage imperturbable, c'est un symbole de paix : la colombe envoyée par Noé hors de l'arche après le déluge revient avec un rameau d'olivier dans le bec qui symbolise la colère apaisée de Dieu.

\- L'olivier ne pourrait-il pas apaiser la colère de Garin envers les miens ?

\- Cela serait trop simple, ne crois-tu pas ?

\- Si, mais il n'est pas interdit de rêver !

\- Ne fais-tu pas confiance à la fée dans le choix de ses armoiries ? dit le vieil homme pour tranquilliser Odilon. Cela pourrait t'aider.

\- Pensez-vous qu'elle me les a attribuées sciemment ?

\- Elle te les a attribuées et cela est un fait certain. Elle avait donc ses raisons. Ne sers-tu pas dans ta main le pentacle de la sorcière ? Pourquoi la sorcière aurait-elle à tes yeux plus de pouvoir que la fée ?

\- Il y a du vrai dans ce que vous dîtes. Que pouvez-vous me dire d'autre sur l'olivier ?

\- Apollon est parfois représenté le front ceint d'une couronne d'olivier. L'olivier joua un rôle dans l'élection du dieu de la capitale grecque : Athéna fut choisie, car elle apporta en cadeau aux habitants de la cité, un olivier dont il pourrait tirer ses nombreux bienfaits. C'est ainsi que la capitale grecque porta son nom et devint Athènes.

\- Et pour le laurier ?

\- Je l'ai gardé pour la fin parce que c'est la plus précieuse pour toi en ce moment.

\- Comment cela ?

\- Le laurier est le symbole de la victoire, du triomphe : le mot « laurier » à la même origine étymologique que « lauréat ».

\- Si seulement cela était vrai, dit Odilon d'un air dubitatif.

\- Le laurier est le symbole du pouvoir et de la puissance. Il est béni des Dieux et possède des vertus extraordinaires. Le front des vainqueurs était ceint d'une couronne de laurier en signe de leur héroïsme.

- Je crains que la fée m'ait jugée au-dessus de ce que je suis réellement.
- Ne te sous-estime pas Odilon.
- Je pense faire preuve d'un grand réalisme, au contraire.

Maître Han était inquiet de voir Odilon dans un tel état d'esprit. Il tenta de le détendre un peu.

- Hum... Le laurier indique également la sincérité des sentiments : la fée a sans doute voulu te dire qu'elle a été séduite par toi...
- Elle ne me l'a pas seulement dit, elle me l'a également fait comprendre ! dit Odilon en se remémorant sa lutte pour se sortir des bras langoureux de la fée

Il resta un moment silencieux, puis sentit, à nouveau, son estomac se resserrer.

- Avec un tel blason, tu ne peux pas que gagner mon enfant !
- J'ai si peur vous savez Maître Hann.
- De quoi as-tu peur ?
- Je ne sais pas : de ne pas être à la hauteur, que rien ne se passe pas comme prévu...
- L'important est que tu sois bien préparé intérieurement. C'est grâce à tes qualités intimes et inébranlables que tu as su rester égal à toi-même. Tu dois rester serein.
- Serein ? Mais comment voulez-vous que je reste serein ? Dans quelques minutes je dois affronter la plus terrible épreuve qu'il m'ait jamais été donné d'affronter et je ne me sens pas prêt du tout.
- Tu t'es bien entraîné pourtant ! J'ai assisté aux entraînements.

- Vous appelez cela un entraînement ? Puisque vous étiez là, vous avez dû constater, avec une certaine désolation, que je n'arrivais même pas à combattre mes adversaires. Cette armure m'étouffe et je rate mon coup une fois sur deux.
- Fais-en sorte qu'aujourd'hui tu ne le rates pas.
- Vous êtes bien optimiste ! s'exclama Odilon.
- Tu le dis toi-même : tu as 50 % de chance de réussir.
- Oui et c'est bien peu.
- C'est largement suffisant, au contraire, si tu te trouves dans la moitié de réussite

Odilon regarda le vieux sage avec curiosité. C'était un homme décidément bien étrange, mais ses paroles l'encourageaient, Odilon devait l'admettre. Et parler avec ce vieil homme lui redonnait confiance en lui.

- Maître Han ?
- Oui.
- Je crains de mourir dans ce tournoi.
- La mort n'est rien.
- C'est vous qui le dites !
- Tous les hommes meurent puisque tous les hommes sont mortels, c'est bien là, la seule certitude que nous ayons.
- Peut-être, mais le plus tard possible !

Maître Han sourit.

- Retiens bien cela : aussi longtemps que tu existes, la mort ne te concerne pas et une fois que tu es mort, elle ne te concerne plus puisque tu n'existes plus.

Devant la justesse de ces paroles, Odilon resta pensif et silencieux. Le vieux sage poursuivi.

- As-tu des regrets ?
- Non. Je crois avoir fait ce que je devais.
- Alors c'est bien. Que veux-tu de plus ?
- Je ne sais pas, admit Odilon.
- Je te l'ai déjà dit, il n'y a qu'une chose qui puisse t'aider et t'apaiser : vis chaque jour comme si ce jour était le dernier.
- Votre humour est caustique, le jour d'aujourd'hui est pour moi peut-être le dernier, frissonna Odilon.
- Tu le dis toi-même : tu es encore bien jeune, mais tu n'as pas à rougir de tes actes passés. Tu as su rester fidèle à toi-même. Tu n'as jamais failli à ta conduite. Tu peux être fier de ce que tu es. Tu peux donc affronter la mort sans crainte.

Odilon était interloqué. Il médita ces dernières paroles.

- Vous ne semblez pas comprendre, continua Odilon agacé. Je n'ai aucune envie de mourir ! Mort, je ne servirai plus à rien, je ne pourrai même pas aider les miens et tous ceux qui me sont chers. J'ai pourtant l'impression d'être encore utile.
- Alors tu le seras et tu les aideras. Ne perds jamais de vue que tu as un grand avantage sur Garin.
- Ah oui ? Lequel ? lança ironiquement Odilon.
- Tu as en toi l'envie de gagner. Il te faut avoir un moral d'acier, ce combat tu vas le gagner dans ta tête. Renforce ton mental pour pallier les failles de ton physique et tu vaincras.
- Et comment dois-je faire ?
- Veux-tu réellement gagner ?
- Ça oui pour sûre !
- Veux-tu réellement la victoire ?
- Oui de tout mon cœur, de toutes mes forces.
- Alors tu l'auras. C'est ton mental d'acier qui te fera gagner. C'est aussi simple que cela.
- Si vous le dites soupira Odilon pensif.

Il se rendait compte que Maître Hann avait raison : il voulait vraiment cette victoire, mais il ne pouvait s'empêcher de penser que dans l'autre camp on la voulait aussi !

Maître Han comprenait la peur qu'Odilon ressentait, fort compréhensible pour un jeune homme encore novice dans le maniement des armes. Mais il était inquiet, car il savait que la peur faisait perdre cinquante pour cent de ses facultés à Odilon qui, en outre, reconnaissait lui-même n'être pas bien entraîné : et perdre cinquante pour cent de ces facultés revenait pour Odilon à perdre la moitié de ses chances de réussite dans ce tournoi !

Il chercha des yeux Fofu et l'aperçut faisant la sieste, tranquillement allongée sur un amas de feuilles posé sur la branche du chêne où se trouvait Maître Han, les mains jointes derrière la nuque, la jambe gauche repliée et la droite en équerre, sa cheville droite reposant sur le genou gauche. Il lui vint une idée : il savait que Fofu avait toujours amusé Odilon, il fit donc une dernière tentative pour détendre Odilon et lui permettre de retrouver toutes ses facultés.

-       Fofu appela-t-il
-       Hein... Quoi !.. Qui va là ? sursauta le lutin en se redressant brutalement par réflexe sur ses deux petites jambes, oubliant qu'il était en équilibre sur une branche.

Fofu perdit l'équilibre, tenta de se redresser, tangua puis bascula et tomba par terre émettant un retentissant : « flop ! ».

Odilon ne put réprimer un sourire, mais n'allant pas comme à son habitude jusqu'au fou rire.

Fofu se redressa, se massa l'arrière-train, secoua la poussière et dit.

- Euh... Bonjours Maître ! Vous m'avez fait si peur ! Je faisais un rêve si agréable... Figurez-vous...
- Fofu ! ordonna Maître Han.
- Arggghhh....! Oui mon Maître ?
- Peux-tu faire quelque chose pour Odilon ?
- Oh je crains que cela soit inutile Maître Hann, intervint Odilon. Je n'ai vraiment pas le cœur à rire aujourd'hui, vous savez.
- Alors... Permettez-moi... dit Fofu en sautant sur Victoire et en reprenant sa position précédente, tranquillement allongée sur la crinière de la jument.

Celle-ci, surprise, émit un hennissement, qui fit à nouveau basculer Fofu à terre.

- Bon... dit celui-ci. De toute façon, je ne voulais pas rester là-dessus. Ce n'était pas très confortable.

Puis, il promena son regard alternativement sur Odilon et sur Maître Han et dit, prenant un air soudain sérieux.

- Il était question d'Odilon, je crois.
- Oui Fofu dit Maître Han en levant les yeux vers le ciel. Odilon doit participer à un tournoi tout à l'heure et il a peur...
- Un tournoi ? Peur ? Peur de quoi ? Qu'est-ce qu'un tournoi au fond ? Attendez un peu.

Il grimpa à nouveau sur sa branche d'où il pouvait observer le terrain du tournoi. Les armes des soldats brillaient au soleil lançant des éclats éblouissants qui firent peur à Fofu.

- Ce... ce... c'est la.... là-bas... le... le... tou... tou...tou... ne peut-il que prononcer terrorisé qu'il était.

Tous ces petits membres tremblaient. Ses dents s'entrechoquaient les unes sur les autres.
Il sauta à terre et tomba devant Odilon qui cette fois se mit à rire de bon cœur à la grande joie du vieux sage.

- Tu es impayable Fofu. Inimitable. Épatant!

Fofu regarda Maître Hann avec un sourire si grand que sa bouche rejoignit ses oreilles et que ses petits yeux s'écarquillèrent formant deux billes toutes rondes.

- C'est ce que vous vouliez mon Maître? demanda-t-il à Maître Hann.

Celui-ci fut surpris par la question.

- Oui. Oui! C'est exactement ce que je voulais Fofu. Tu es for... formidable au fond.

Fofu gesticulait, virevoltait dans tous les sens.

- Je suis for... mi... da... ble! C'est mon Maître qui me l'a dit! Yourrah! lança-t-il en faisant des pirouettes et des doubles saltos avant et arrière.

Odilon regardait avec tendresse ce petit être si sympathique à ses yeux et à qui allait sa gratitude pour lui avoir, l'espace d'un instant, fait oublier l'échéance terrible qui l'attendait non loin de là.

Des clameurs venant de la foule arrivèrent jusqu'à Odilon qui brisèrent net sa rêverie.

Des pas se firent entendre non loin de lui. Geoffroy s'approcha.

- Tu dois y aller maintenant Odilon. Tout est prêt et tout le monde est en place.

Odilon regarda dans la direction où étaient Maître Hann et Fofu, mais ceux-ci avaient disparu. Il regretta de ne pouvoir leur dire au revoir et entreprit d'harnacher son cheval.

- Cette fois mon fidèle destrier, murmura-t-il à Victoire en lui tapotant l'encolure, il va te falloir te montrer à la hauteur de la tâche qui t'est assignée pour cette entreprise.

Il inspecta les sangles, les brides, les harnais, les fers et ajusta la selle de Victoire : il ne voulait rien laisser au hasard. Il avait lui-même veillé à augmenter sa ration de nourriture afin que Victoire soit capable de supporter la rude journée qui l'attendait et surtout de courir aussi vite qu'il le faudrait.

Il prenait tout son temps, c'était sa façon à lui de reculer le moment d'entrer dans l'arène. Geoffroy l'observait sans rien dire, n'osant le presser, mais commençant à trouver le temps un peu long.

Odilon revêtit sa cotte de mailles et mit sur sa tête son casque conique à nasal. Ce faisant, il repensa à la fée qui les lui avait fournis. Il avait attendu la dernière minute pour se préparer, préférant rester entièrement libre de ses mouvements jusqu'au dernier moment. En fait, il était bien trop nerveux pour enfiler quoi que ce soit avant qu'il n'y soit forcé par les circonstances !

Il attrapa son épée et l'embrassa longuement. Puis, il prit une profonde inspiration et enfourcha son cheval.

-        Voilà, je suis fin prêt, dit-il simplement en regardant Geoffroy

Geoffroy empoigna la lance qu'il avait posée contre un arbre et la lui passa. Odilon la prit dans sa main droite et la plaça le long de son corps. Il fallait maintenant faire preuve d'audace, c'était le moment où jamais de mettre en pratique ce qu'il avait appris pendant son instruction chez Bertrand de Tûr et ce qu'il avait répété, à maintes reprises, lors de l'entraînement.

Maintenant, quoi qu'il arrive, il ne pouvait plus reculer.

Tranquillement, il se mit en marche en direction du terrain.

CHAPITRE L

Le tournoi

Odilon et ses amis avançaient maintenant prudemment en direction du lieu du tournoi. À mesure qu'ils approchaient, Odilon sentait son estomac se nouer et sa respiration devenir de plus en plus oppressante. Sa vision était floue, ses mains étaient moites et il avait peine à tenir les rênes de son destrier. D'ailleurs, il fallait bien reconnaître que c'était sa sœur et Geoffroy qui dirigeaient le cheval plutôt que lui qui en était bien incapable. Il tenta bien de se ressaisir en suivant les précieux conseils de Maître Han, mais il lui semblait qu'en ce moment cela ne lui suffisait plus. Ses yeux s'embrumaient et devant lui il ne voyait qu'un épais brouillard : s'il n'avait pas été assis sur son cheval, il serait probablement tombé à terre incapable de continuer son chemin.

À ses côtés, Bertille et Geoffroy ne disaient rien. Le silence ne faisait qu'accentuer la pression du moment. Arrivé à l'orée de la forêt, Odilon arrêta son cheval.

-       C'est là qu'on se quitte Berty, dit-il à sa sœur. Ce sera plus prudent pour toi de rester dans notre cabane pendant que je...

Une boule dans sa gorge l'empêcha de terminer sa phrase.

- Oh Ody ! Il est encore temps pour toi de reculer ! Tu n'en seras pas déshonoré pour autant.

Odilon regarda sa sœur et lui sourit avec une grande tendresse.

- Tu es gentille sœurette de te soucier ainsi de ton petit frère. Mais tu le sais comme moi si je ne me rendais pas à ce tournoi, je risquerais de mettre notre mère dans un bien grand péril et je ne pourrais plus alors me regarder en face. Que dirais-je à notre père quand il rentrera ? Que je n'ai pas osé affronter l'ennemi ? Non, ce n'est pas concevable et la honte et le remords me rongeront jusqu'à la fin de mes jours.

Les paroles de Maître Han lui revinrent en mémoire :

- « Vis comme si tu vivais ta dernière heure » ajouta-t-il. C'est ainsi qu'il faut vivre et je préfère de beaucoup mourir en héros que vivre souillé par la honte.

Bertille n'insista pas. Elle admirait son frère comme jamais encore elle ne l'avait fait auparavant. Ce qui était insupportable pour elle, c'était de l'attendre dans leur cabane pendant que lui risquerait sa vie sur un champ de bataille. Et surtout sans qu'elle ne sache ce qui s'y passait et si son frère était toujours vivant. La répartition des rôles ne lui convenait pas, elle qui avait toujours été habituée à tout partager avec son frère.

Odilon se pencha pour embrasser sa sœur, leur accolade dura de longues minutes. Puis, il salua Geoffroy et poursuivit son chemin.

Il ne mit pas longtemps à arriver aux abords du terrain. Déjà, il apercevait les champs qui précédaient la forêt. La lande où devait se tenir le tournoi n'était plus très loin. Curieusement, à mesure qu'il approchait, il se sentait de plus en plus décontracté comme libéré d'un poids trop lourd à porter. C'était peut-être dû au fait qu'il ne pouvait plus reculer. Alors, quoiqu'il arrive, Odilon voulait se montrer digne et avancer le visage fier.

Arrivé à proximité du terrain, le regard d'Odilon se porta sur la tribune d'honneur. Son cœur s'étreignit lorsqu'il reconnut sa mère : elle était là, le visage blême, les traits tirés marqués par la fatigue et la terreur. Il aurait voulu courir auprès d'elle, lui sauter au cou, lui dire qu'il était là et qu'il allait la sauver, mais il dut se retenir et se contenter de la regarder tendrement.

-       Peut-être va-t-elle me voir ? espérait-il au fond de lui.

Il aurait voulu lui faire des signes pour attirer son regard, mais il était encore trop loin de la tribune et ne voulait pas risquer d'attirer l'attention sur lui tout de suite.

Il continua d'avancer vers le terrain qui se dessinait de plus en plus nettement devant ses yeux. Il arriva aux abords des tentes disposées le long du terrain. Il fut surpris, tout d'abord, du nombre important de badauds amassés devant le terrain pour venir assister à une tuerie. Ce qui l'intrigua encore davantage c'était le nombre conséquent de moines, particulièrement repérable à leur bure marron, qui se fondait dans la foule.

-       Que viennent faire tous ces moines à un tournoi ? se demanda Odilon.

Il continua d'avancer vers l'entrée du terrain. En passant devant un groupe de moine, Odilon, reconnut Frère Aubin qui était là lui aussi. Mais, curieusement, il était venu accompagné de ses cochons !

\-   Pourquoi emmener des cochons pour venir assister à un tournoi ? pensa Odilon. C'est une curieuse idée. À moins que...

Il se passait quelque chose d'anormal, comme si quelque chose se tramait derrière son dos. Odilon n'avait pas une grande habitude des tournois, à sa connaissance d'ailleurs il n'avait jamais assisté à un tournoi — sa mère l'ayant toujours empêché d'accompagner son père — mais il lui semblait cependant qu'une sorte de complicité unissait tous ces gens entre eux. Ce n'était qu'une impression, une intuition, mais cela suffit à réchauffer le cœur d'Odilon, heureux de savoir ses amis à ces côtés en ce moment pénible. Tous avaient dû apprendre ce qui lui arrivait et tentaient de lui prêter main-forte.

Odilon sursauta lorsqu'un des moines s'approcha de lui et tapota d'un geste amical l'encolure de Victoire. Il baissa la tête et sourit à cet étranger pour le remercier. Quelle ne fut pas alors sa surprise lorsqu'il reconnut sous un costume de moine usé, Robert le maréchal-ferrant !

\-   Robert ! ne put-il s'empêcher de s'exclamer. Vous êtes venu vous aussi.
\-   Oui mon gars pour te soutenir, murmura Robert. Aie confiance !

Odilon aurait voulu le prévenir du plan monté par Geoffroy et lui, mais il n'en eut pas le temps. Déjà, des hommes à la solde de Garin s'approchaient de lui et l'encerclaient, de peur sans doute, qu'il ne fasse demi-tour.

Odilon continua donc sa route, entra sur le terrain et se mit en position. Il chercha du regard les hommes de Geoffroy, mais il ne vit personne. Une peur panique l'envahit soudain. Où étaient-ils ? Ils étaient convenus qu'ils se retrouveraient sur le terrain, mais il n'y avait personne !

Au loin, il devina une sorte de masse informe : sans doute la piétaille de Garin en ordre de bataille, commandée par des bannerets à sa solde et Raoul, seul cavalier à leur tête. Mais, la distance qui séparait les deux camps était si grande — près de 8 km — qu'Odilon ne put qu'imaginer l'ombre de ces soldats en rangs serrés, prêts au combat. Cela le fit frissonner.

C'est alors que son regard fut attiré sur une jeune personne assise aux côtés de sa mère. Son cœur ne fit qu'un bond : c'était la jeune fille qu'il avait croisée, ce matin-là, dans la cour de l'abbaye, alors qu'il se rendait aux soues assister à la naissance du cochonnet. Il ne l'avait pas oubliée.

Odilon ressentit comme un coup de poing dans l'estomac, son cœur se fit plus rapide, ses jambes tremblèrent au point que s'il avait été sur la terre ferme, elles ne l'auraient plus porté. Il se sentait paralysé comme si ces forces l'avaient abandonné. Il ne savait pas ce qui lui arrivait, il n'avait jamais ressenti une telle impression sauf peut-être ce fameux jour où il croisa cette inconnue. Mais qui était-elle ? Et comment se faisait-il qu'elle se trouvât à côté de sa mère ?

Il n'était pas temps cependant d'avoir une réponse à cette question, mais tout se bouscula dans la tête d'Odilon et une pensée lui traversa l'esprit : et s'il perdait ce combat ? Cette inconnue assisterait alors à sa déchéance. Cela ne se pouvait pas, cela n'était pas concevable.

Aussi, il sembla évident à Odilon qu'il devait gagner ce tournoi, ne pas faillir à son devoir, se montrer digne de la tâche qu'il avait à accomplir et ressortir de cette bataille glorifiée, en vainqueur.

Ces partisans entrèrent à leur tour sur le terrain et s'assemblèrent autour de lui. La confusion laissa place à la bravoure et mué par un subi sursaut, Odilon ne ressentit plus ni peur ni angoisse et, se plaçant à leur tête, il avança fièrement à l'intérieur du terrain.

La fête organisée par Garin se terminait : des jongleurs chantaient et dansaient devant la foule qui applaudissait. À la vue d'Odilon entrant sur le terrain les clameurs s'éteignirent laissant place à un silence oppressant.

Garin fit signe d'arrêter la fête pour préparer le terrain au combat. Hermeline poussa un soupir, Adeline lui serra fort sa main.

Des murmures s'élevaient de la foule compacte qui s'était rapprochée aussi près possible du terrain. Odilon s'avança au pas vers la tribune d'où Garin suivrait le tournoi.

- Vous vouliez me voir, je crois, Garin, et bien me voilà ! lança Odilon qui finit sa phrase sous les acclamations de la foule.
- Je suis ravi que tu sois venu. Tu n'es pas très facile à joindre en ce moment, ironisa Garin.
- Abrégeons Garin, dit Odilon avec une grande fermeté qui l'étonna lui-même. Je suis là pour me battre, alors battons-nous.

Bien qu'il fît tout pour l'éviter, son regard croisa néanmoins celui d'Adeline qui baissa les yeux devant lui en lui souriant. Hermeline remarqua ce regard croisé, mais ne dit mot.

- Tu es venu, mon fils, dit-elle, venger l'honneur de ta famille, que la force et la victoire soient avec toi !

Des clameurs s'élevèrent, à nouveau, de la foule ce qui fit comprendre à Odilon qu'il avait de nombreux partisans, ce dont, d'ailleurs, il se doutait vu le nombre de ses amis qui s'y trouvaient.

Garin fit un signe à Raoul qui s'approcha à son tour.

- Tu seras notre champion, Raoul. Essaie de ne pas nous décevoir.

Raoul ne répondit pas et prit place sur le terrain à l'endroit qui lui était réservé. Les deux camps se formèrent en se faisant face.

Les deux camps devaient s'affronter à peu près au milieu du terrain à l'endroit où leur course respective leur ferait se rencontrer. Les deux cavaliers, Odilon et Raoul étaient au cœur du dispositif, mais ils étaient également la cible privilégiée de l'adversaire. Les sergents qui accompagnaient les deux cavaliers, les uns montés, les autres à pied étaient là pour les garder, c'est-à-dire les couvrir. Des recès, sorte de refuges, étaient disposés çà et là sur le terrain pour permettre à une escouade en difficulté de se replier. C'était dans ses recès que Garin avait placé ses arbalétriers chargés de viser Odilon au moindre signal.

La charge aurait donc dû être collective comme l'exigeait la coutume, mais comme le craignait Odilon, ce tournoi était faussé par des règles que seul Garin connaissait et qu'il avait inventées. Et celui-ci en avait voulu autrement : seul Odilon l'intéressait alors seul Raoul l'affronterait encadré par des hommes à pied.

Le signal fut donné et les équipes se lancèrent au-devant de l'adversaire. La rencontre se fit quelques instants plus tard. Sous les yeux d'Odilon, les participants commencèrent à se battre, les joutes sur le terrain étaient brutales, certains protagonistes qui tombaient, foudroyés par la lance ou l'épée de leur adversaire étaient ramenés dans leurs tentes agonisant. La foule hurlait, assoiffée de sang, et applaudissait à chaque fois qu'un des soldats était mortellement atteint.

Odilon observa Raoul, puis lentement, mais d'un geste assuré il plaça sa lance en position horizontale fixe la tenant serrée entre son flanc et l'avant-bras. Il ne quittait pas son adversaire des yeux. De son côté, Raoul, lui aussi, gardait les yeux sur Odilon. Odilon caressa Victoire de sa main gauche.

- Tout dépend de toi maintenant Victoire. Tout dépend de ta vitesse.

Le cheval fit alors un mouvement en arrière. C'est alors qu'Odilon lança son cheval au galop alors que Raoul fit de même de l'autre côté. Les deux cavaliers lancés à vive allure se rapprochaient l'un de l'autre pendant que la piétaille se ruait les uns sur les autres. Odilon et Garin se heurtèrent bientôt au milieu de l'espace qui les séparait. Le choc fut si brutal qu'Odilon, vacilla sur sa selle et crut un moment avoir été touché. Mais il avait réagi à propos en faisant un léger mouvement de côté sur sa selle avant que la lance de Raoul ne le touche en plein cœur. Celle-ci ripa et s'égara au-dessus de son épaule droite qu'elle effleura à peine.

La foule gardait le silence. La lance d'Odilon avait elle aussi rempli son office et avait touché Raoul au bras assez profondément à en croire le sang qui perlait sur le côté droit de la cotte de mailles de Raoul : pendant un instant celui-ci resta courbé, la tête posée sur la crinière de son destrier, mais il se redressa bien vite et reprit sa place en position de départ, à nouveau en face d'Odilon.

Odilon avait essuyé une grosse frayeur dont il lui fallut quelques minutes pour se remettre, mais il n'avait pas le temps de s'apitoyer sur son sort. Il reprit donc aussitôt sa place et laissa son cheval souffler quelques secondes avant de le mettre à nouveau au galop. Mais déjà Raoul avait relancé le sien et fonçait dans sa direction.

Odilon savait que cette fois il n'avait pas droit à l'erreur et qu'il ne devait pas manquer d'atteindre Raoul, car lui ne le manquerait pas. S'il le ratait, Raoul ne lui donnerait pas une seconde chance, le coup qu'il avait failli lui porter lors de la dernière joute aurait pu lui être fatal.

Odilon lança son cheval au galop, il voyait son adversaire se rapprocher de plus en plus près, jusqu'à bientôt le voir distinctement. Il poussa encore plus son cheval et frappa de sa lance Raoul en pleine poitrine, ce qui, cette fois, le désarçonna et le précipita en bas de son cheval. Cependant, la force de l'impact était telle que le choc déséquilibra Odilon qui se retrouva allongé sur l'arrière-train de son cheval bien à propos pour éviter la lance de Raoul qui cette fois lui aurait fait sauter le crâne en lui traversant l'œil.

Odilon arrêta son destrier, et lui détournant brusquement la tête vers la gauche et en lui donnant en même temps un coup d'éperon lui fit faire une demi-volte sur lui-même.

Le spectacle qu'il vit alors dépensait ses pensées les plus sombres. Les corps des sergents s'amoncelaient de plus en plus autour de lui. Raoul lui, gisait à terre immobile. Plus loin, la piétaille se battait, des morts jonchaient le sol et le son de la harangue de la foule arrivait jusqu'à lui.

D'un regard, Odilon chercha Geoffroy et ses hommes, mais il ne les vit pas tant un halo de poussière s'était formé autour de lui.

Il revint alors vers Raoul qui semblait remuer et que deux des hommes à pied aidaient à se relever.

-       Ne te croit pas vainqueur Odilon dit Raoul dans un souffle. Il faudra encore que tu me passes sur le corps.

Odilon s'apprêtait à sortir son épée du fourreau, mais Raoul fut plus rapide que lui. Odilon reçut alors un violent coup à l'épaule qui lui fit perdre l'équilibre. Raoul en profita alors pour reprendre l'offensive et assena un violent coup sur le casque d'Odilon qu'il fendit à demi. La force de l'impact fut telle qu'Odilon glissa de son cheval et tomba à terre étourdi et presque sans connaissance. Alors Raoul s'approcha de lui et leva son épée s'apprêtant à donner le coup de grâce à son jeune adversaire en le transperçant.

C'est alors que d'un mouvement rapide, le destrier d'Odilon se leva sur les pattes arrière pour protéger son maître et heurta Raoul avec ses sabots avant. Celui-ci, déséquilibré, tomba à genou, puis brutalement resta figé dans ce geste, bras en l'air et s'effondra sur le sol ventre à terre, immobile.

Odilon, qui venait tout juste de reprendre ses esprits, vit le corps de Raoul qui gisait à ses côtés, inerte, transpercé d'une flèche. Il se leva d'un bond, sauta sur son cheval, et, suivant les instructions données par Geoffroy, tenta de se frayer un chemin, son épée à la main pour reprendre la direction de la forêt.

Geoffroy et ses hommes n'avaient rien perdu de la scène : ils savaient que c'était le signal qu'ils attendaient pour agir avant que Garin ne transperce Odilon ou ne l'arrête.

Au signal convenu, les archers de Geoffroy se mirent à décocher des flèches sur les hommes de Garin qu'ils avaient encerclés, tapis derrière les rochers et cachés par leur déguisement, les prenant à revers comme prévu.

Pendant ce temps, Odilon devait réussir à sortir du nuage de poussière dans lequel il se trouvait. Il lui fallait maintenant attirer à lui les hommes de Garin qui du haut de la tribune d'honneur n'avait rien perdu de la scène. Ce dernier fit signe à Giraud de monter le rejoindre. Une fois dans la tribune, Giraud fit à Garin le récit de ce qui venant de se passer et lui confirma la mort de Raoul.

-        Ainsi il est mort, dit-il amèrement. Il a trouvé le moyen de rater la dernière tâche que je lui avais confiée. N'arriverons-nous jamais à attraper ce garçon ?

- Je ne sais pas, répondit Giraud, mais ce que je peux vous dire c'est qu'il a pris la fuite.
- Quoi ? Mais rattrapez-le ! Vous m'entendez ! Il faut le faire prisonnier coûte que coûte ! De quoi ai-je l'air maintenant, voulez-vous me dire ? Je me suis ridiculisé devant cette foule partiale. Regardez-les se réjouir de la victoire d'Odilon ! Giraud, prenez le commandement, lancez des hommes à sa poursuite et ramenez-le-moi, vivant si possible.

Et il ajouta :

- Allez et soyez plus chanceux que Raoul.
- Je ferai de mon mieux, répondit Giraud en quittant la tribune, laissant Garin anéanti.
- Je n'ai pas fait tout cela pour rien ? murmura Garin.

Hermeline adressa alors à Garin un regard ironique.

- On dirait que les choses ne se passent pas comme vous l'aviez prévu Garin ?
- Si fait, Madame, si fait. Mais votre fils est bien lâche, voyez comme il s'enfuit devant l'adversité !
- Mon fils tente simplement d'échapper à vos griffes malfaisantes et de se sortir vivant de votre piège ! rétorqua Hermeline.
- Quoi qu'il en soit, reprit Garin, il va me falloir vous ramener au château au plus vite. Suivez-moi.

Il fit signe aux deux gardes en faction derrière eux. Hermeline profita de l'occasion pour se jeter sur Garin et le frappa avec ses deux poings fermés.

- Vous êtes un monstre, cria-t-elle.

Mais, très vite les deux gardes s'interposèrent et l'agrippèrent fermement.

-       Allons Madame assez d'enfantillages ! s'écria Garin.

Ne pouvant se débattre, Hermeline se résigna et se laissa reconduire au château.

Chapitre LI

Une impitoyable poursuite. Le guet-apens

Pendant ce temps, Odilon avait réussi à atteindre l'entrée du terrain. À peine avait-il franchi les limites que Frère Aubin qui s'était posté aux abords, disposait ses cochons de telle manière que les suiveurs ne purent pas sortir du terrain : leurs chevaux se mirent à hennir, à se cabrer pour éviter les cochons, certains se dressèrent sur leurs pattes arrière et désarçonnèrent leurs cavaliers qui tombèrent à la renverse. Le public se mit à rire de voir les postures plus ou moins loufoques que prirent certains soldats, ce qui accentua leur énervement.

- Écartez vos cochons, voyons, vous gênez le passage ! cria un soldat.
- Oh pardon, je... ne savais pas. Je suis désolé, marmonna Frère Pinabel très conscient de ce qu'il faisait.
- Mais quel empoté, vous faites ! hurla un autre soldat qui avait du mal à se tenir sur sa selle tant son cheval faisait des bonds.

Des moines intervinrent pour calmer les chevaux en leur tapotant l'encolure pendant que d'autres aidèrent Frère Pinabel à éloigner ses cochons.

Quelques instants plus tard, tout rentra dans l'ordre et les soldats reprirent leur poursuite. Une fois qu'ils eurent le dos tourné, les moines se félicitèrent que leur stratagème ait si bien réussi.

Pendant ce temps, Odilon avait lancé son cheval à bride abattue en direction de la forêt. Il jetait de temps en temps un regard derrière son épaule pour voir si ses poursuivants le suivaient toujours. Il ne vit rien tout de suite, ce qui lui permit de prendre de l'avance.

Puis, soudain, il discerna au loin sur la route qu'il venait de parcourir, un épais nuage de poussière précédé par un ou deux cavaliers qui devançaient le gros de la troupe et se rapprochaient dangereusement de lui. Malgré le nuage de poussière, Odilon put juger de la distance qui le séparait de ses poursuivants.

Il donna de l'éperon à son cheval et se mit à galoper aussi vite qu'il était possible de le faire avec un cheval qui marchait depuis le matin et qui commençait à montrer des marques de fatigue.

Une folle course poursuite s'engagea alors, de leur côté les Lupus voyant Odilon pousser son cheval redoublèrent de vitesse.

Cependant, malgré la fatigue de Victoire, Odilon réussit à gagner du terrain sur ses poursuivants.

La forêt était maintenant à sa portée, déjà l'orée s'offrait à sa vue. Il ne lui restait qu'à fournir un dernier effort, mais il lui semblait que Victoire faiblissait de plus en plus et ralentissait sa course.

-       Allez mon vieux, encore un effort, le dernier.

Comme pour faire plaisir à son maître, Victoire maintint la cadence.

La forêt n'était plus maintenant qu'à quelques pas. Odilon s'y engouffra talonné par les soldats. Il les voyait arriver sur lui, suivis par quelques dizaines d'hommes.

Odilon mit toutes ses forces dans cette course : il fallait tenir et réussir à les mener jusqu'à l'endroit convenu pour le traquenard au risque de voir réduit à néant le plan de Geoffroy.

Il s'en fallut de peu, les soldats se rapprochaient dangereusement, quand soudain, sans qu'Odilon n'en comprenne la raison, certains de ses poursuivants glissèrent mystérieusement de leur selle et se retrouvèrent soit projetés violemment par terre, assommés sur le coup, soit traînés par leurs chevaux, un de leurs pieds étant resté accroché à son étrier.

Cela permit à Odilon de reprendre de l'avance. Mais celle-ci ne fut que de courte durée, d'autres poursuivants s'approchèrent, le touchant presque.

Il lui fallait atteindre le point prévu avant eux pour que le stratagème se mette en place.

Dans un suprême effort, Victoire sauta le point stratégique — qui cachait une fosse profonde — comme s'il y avait eu une haie, pendant que son maître levait la main pour faire signe à ses amis, qui avaient pris position à l'endroit prévu et se tenaient prêts.

Les soldats n'eurent pas le temps de réagir et s'engouffrèrent dans la place à la suite d'Odilon manquant presque de le rattraper par moment.

La nuit tombait, l'obscurité rendait encore plus difficile leur déplacement. Mais à peine Odilon avait — il sauté avec son cheval cette haie invisible que les chevaux de tête de ses poursuivants tombèrent dans les trappes armées de faux prévues par les brigands dont ils avaient truffé le sentier.

Les chevaux qui les suivaient dans leur course folle tombèrent à leur suite dans la fosse formant un amoncellement informe.

La bande à Geoffroy passa alors à l'action : les soldats qui n'étaient pas blessés ou tombés dans la fosse furent cernés de tous côtés, ceux qui ne furent pas traînés sur plusieurs mètres par leur monture furent transpercés par l'épée des brigands avant qu'ils ne puissent se relever.

Certains des poursuivants d'Odilon avaient été écrasés, empalés par les faux dans le fossé ou écrasés par leurs chevaux qui tentaient de se dégager, mais le fossé était bien trop profond pour qu'ils y parviennent. D'autres avaient eu le temps de changer de direction in extrémiste, mais ils furent pris dans des filets desquels ils ne purent se dégager. D'autres encore tombèrent dans des trappes creusées et camouflées pour l'occasion à l'aide de branchages où ils se retrouvèrent immobilisés et prisonniers. D'autres enfin, qui heurtèrent de plein fouet un énorme tronc d'arbre qui entravait la route, attaché entre deux troncs d'arbres à hauteur de leur tête — et que leur vitesse ne leur permit pas d'éviter —, furent décapités sur-le-champ.

En moins de temps qu'il ne fallait pour le dire, ce coin paisible de la forêt se transforma en un charnier gigantesque où ne gisaient plus que des corps inertes ou des blessés gémissants.

Odilon qui avait arrêté sa course un peu plus loin, tourna bride et assista impuissant à ce carnage. Il fut horrifié par la violence qu'il avait découverte depuis le matin, lui qui se complaisait auparavant dans ses rêves et qui se laissait trop souvent guider par son imagination se retrouvait plongé dans l'horreur de la guerre et la mort. Il gardait de cette journée une amertume qu'il aurait du mal à oublier.

Il se détourna de cette vision d'horreur qui ne lui plaisait guère et reprit sa route pour préparer la troisième phase de son plan et non des moindres.

Chapitre LII

Où Bertille et Odilon font le bilan de la première étape de leur plan

O dilon reprit sa route jusqu'à sa cabane comme le lui avait demandé Geoffroy. Son cœur était lourd de ce qu'il avait vécu durant ces dernières heures.

Bertille l'attendait, tremblante et inquiète. Quand elle aperçut son frère, elle courut à sa rencontre et le gourmanda.

- Te voilà, enfin ! s'écria-t-elle. Je me suis fait tellement de souci. Ces dernières heures m'ont paru être une éternité.

Odilon descendit de cheval et serra très fort sa sœur dans ses bras.

- Tout va bien Berty, tout va bien, lui dit-il d'un ton rassurant.
- Oh la la Ody ! J'ai eu si peur, si tu savais ! répéta Berty en serrant son frère aussi fort qu'elle pouvait.
- Je sais ! Moi aussi tu sais j'ai eu très peur, dit Odilon en souriant tendrement à sa sœur. Pour le moment, tout se passe comme prévu ou presque. Je vais te raconter dès que j'aurai donné à manger à Victoire. Elle l'a bien mérité, elle a été formidable, tu sais.

-       Cela ne m'étonne pas. Mais toi Ody raconte-moi ! pressa Berty.

Odilon entreprit de raconter à sa sœur dans les grandes lignes ce qui s'était passé lors du tournoi. Il lui dit qu'il avait entre aperçus leur mère qui semblait aller bien.

-       Tu aurais vu la tête des gardes lorsque Frère Pinabel posta ses cochons devant l'entrée du terrain ! termina Odilon en riant.

-       C'est une curieuse idée d'emmener des cochons à un tournoi, tu ne trouves pas ? interrogea Bertille.

-       Si, je me suis fait la même remarque que toi, reconnut Odilon. Plus j'y pense, plus je crois que c'était un stratagème monté à l'avance. Tous ces moines venus assister à un tournoi... cela ne me paraît pas normal.

-       Et que penses-tu de Robert déguisé en moine lui aussi ?

-       Justement cela confirme bien qu'ils étaient tous venus pour tenter quelque chose le moment venu. Cela m'a fait chaud au cœur, tu sais, Berty, de les voir tous là dans un moment si important pour moi...

-       Ça, je m'en doute, admit Bertille.

-       Et tu aurais vu la foule scander des encouragements quand je suis entré sur le terrain !

-       Et quelle tête faisait Garin ? demanda Bertille avec curiosité.

-       Oh, je crois qu'il n'était pas content du tout, répondit Odilon en riant. Mais le mieux c'est quand je suis parvenu à m'échapper. Tu aurais vu sa tête à ce moment-là. Il était rouge de colère !

-       Ne dis pas cela Odilon. Il détient toujours Maman et j'ai peur que sa colère...

-       Oui je sais coupa Odilon. Moi aussi j'ai peur, sœurette, mais il ne reste que quelques heures et nous avons déjà gagné la première manche.

-       Mais nous n'avons pas encore gagné la partie, précisa Bertille soudain pessimiste.

-       Tu as raison je ne devrais pas m'emballer comme cela.

-       Dis-moi Ody, ne trouves-tu pas bizarre que tes poursuivants soient tombés de cheval aussi facilement ? questionna Bertille

-       Si, maintenant que tu me le dis, c'est très étrange en effet.

-       As-tu une explication ?

-       Pas vraiment, peut-être que leur selle était mal fixée ?

-       Cela me semble peu probable pour des soldats. J'opterais plus pour un sabotage des sangles...

-       Oui ! C'est bien possible ! Mais qui aurait pu faire cela ?

-       Ne m'as-tu pas dit que les moines s'étaient approchés des chevaux pendant que Frère Pinabel les retenait avec ses cochons ?

-       Si en effet.

-       Je pense que c'est à ce moment que cela s'est passé : ce sont eux qui ont coupé les attaches des selles !

-       Tu crois ? Mais c'était terriblement risqué !

-       Oui, mais tu as des amis fidèles et sincères Odilon il faudra te le rappeler le moment venu

-       Je ne les oublierai pas, rassure-toi

Odilon jeta un regard en direction du lac.

-       Je vais aller faire un petit tour près du lac en attendant Geoffroy.

-       Je t'accompagne.

-       Non ! Euh, pardon, Berty mais... je préfère être seul.

-       Comme tu voudras, répliqua Bertille vexée

Odilon s'engagea dans le sentier, puis se retourna

-       Oh, au fait Berty, demanda Odilon l'air détaché. Maman était accompagnée d'une jeune fille. Sais-tu de qui il peut s'agir ?
-       Probablement d'Adeline. Elle était venue passer quelques jours au château.
-       Adeline ? répéta Odilon sceptique. Mais ce n'est pas possible, la personne que j'ai vue est une belle jeune fille à l'air si pure... Adeline, c'est encore une enfant.
-       C'était... encore une enfant la dernière fois que nous l'avons vu précisa Bertille. Mais elle est comme nous, elle vieillit et maintenant c'est une jeune fille. Mais au fait pourquoi t'intéresses-tu à elle ?
-       Hein... euh... oh non... pour rien... comme ça ! À tout à l'heure Berty

Berty suivit son frère des yeux : elle avait conscience qu'il lui cachait quelque chose et elle se doutait très bien de quoi il s'agissait.

Chapitre LIII

Où l'on parle d'amour...

Arrivé près du lac, Odilon se concentra sur son activité favorite et se mit à faire des ronds dans l'eau. Ses petits cailloux rebondissaient lestement au fil de l'eau formant de larges sillons qui marquaient l'endroit où ils se posaient.

- Ouille !

Le cri venait de la rivière. Odilon sursauta.

- Qui est là ? lança-t-il en dégainant son épée.
- Ce n'est que moi maître, cria Fofu en sortant sa tête de l'eau la main posée sur le dessus du crâne. C'est que ça fait mal ces petites choses-là, surtout quand on les reçoit sur la tête !
- Fofu ! s'écria Odilon. Mais que fais-tu là ?
- Cela ne se voit pas ? Bah, je me baigne voyons.
- Mais l'eau du lac est glacée !
- Oui, ça... je m'en suis aperçu. Mais pour le savoir, il fallait bien que je me mette dedans !
- Tu es impayable ! Sais-tu où est Maître Han ? J'ai besoin de le voir.
- La dernière fois que je l'ai vu, il dormait le dos adossé à ce gros arbre, juste à ta gauche, répondit Fofu en montrant du doigt le chêne qui se trouvait non loin d'Odilon.

Odilon tourna la tête, mais ne vit personne.

- Maître Han ? appela-t-il
- Oui je suis là dit une petite voix, près de lui.
- Où êtes-vous, je ne vous vois pas ?
- Oh pardon, dit le vieil homme en penchant sa tête qui apparut soudain derrière l'arbre.
- Oh maître Han ! Je suis toujours content de vous voir.

Le vieil homme s'approcha d'Odilon et vint s'asseoir près de lui.

- Je suis très fier de toi, Odilon.
- Merci beaucoup, répondit celui-ci en baissant la tête.
- Tu as été digne de ce que j'attendais de toi.
- Oh c'est grâce à Victoire aussi.
- Et tu es modeste en plus ! Tu as décidément beaucoup de qualité !
- Maître han ?
- Oui ?
- Il faut que je vous pose une question.
- Oui mon enfant, je t'écoute, dit calmement le vieux sage.
- Voilà. Il m'est arrivé une chose assez étrange...
- Tu sais, la vie est parfois faite de choses étranges.
- Oui, mais là, en fait...
- Va droit au but mon petit.
- Et bien, j'ai rencontré... enfin au tournoi... dans la tribune d'honneur...
- Ne trouves-tu pas ce paysage paisible, dit Maître Han détournant volontairement la conversation.
- Si, et cela me repose. Mais je voulais vous demander...
- Tu devrais profiter de ce calme avant les dures épreuves qui t'attendent, conseilla Maître Han.
- C'est ce que je fais, répliqua Odilon. Ce que je voulais savoir...
- Fofu ! cria Maître Han, sors de l'eau tu vas attraper mal !

- Maître Han ! s'énerva Odilon.
- Oui mon enfant, répondit calmement le vieil homme.
- Je vous parle d'une chose sérieuse !
- Mais je t'écoute.
- J'ai revu...
- Qui cela ?
- Une jeune fille que j'avais déjà vue précédemment dans la cour de l'abbaye.
- Oui et alors ? sourit malicieusement le vieux sage.
- Et bien, je ne comprends pas très bien ce qui m'arrive.
- Cette joie du cœur, ce mouvement doux et paisible qui anime tout ton être.
- Comment ?
- Tu as ressenti une jouissance de tout ton être.
- Je crois bien ! Oui, c'est exactement cela !
- Ne t'inquiète pas. Cela n'est pas bien grave, dit Maître Han réconfortant.
- Mais de quoi s'agit-il ?
- De l'amour Odilon, tout simplement de l'amour !
- L'amour ? Mais cela n'est pas possible !
- Et pourquoi ?
- Mais parce que je ne peux pas aimer quelqu'un que je ne connais pas.
- Tu la connais, je crois, tu as joué avec elle souvent durant ton enfance.
- Oui, mais alors, je n'ai jamais ressenti cela.
- Tu étais bien trop jeune.
- Elle est si belle, Maître Han et elle paraît si douce !
- Hum, tu me sembles bien atteint en effet. Prends garde cependant à ne pas aimer que les apparences : la beauté peut être trompeuse et n'être qu'une illusion.
- Mais je vous assure que je ne connais aucun être aussi pur...

- Je ne dis pas le contraire Odilon, je te mets juste en garde de ne fixer ton attention que sur l'aspect superficiel des choses.
- Et que dois-je faire alors ?
- Regarde ce qui est à l'intérieur des êtres : la beauté de l'âme, celle du cœur, c'est cela qui est le plus important. La beauté du cœur, c'est la plus belle et la vraie beauté.
- Je ne la connais pas assez pour savoir si elle a une belle âme.
- Tu apprendras à la connaître et puis tu décideras par toi-même.
- Mais comment puis-je en être sûr ?
- Écoute ton cœur, il ne t'a jamais trompé jusque-là.
- Oui c'est vrai.

Maître Han marqua une pause puis reprit.

- Ne détourne pas ton attention et reste concentré, il te reste encore bien des épreuves à surmonter.
- Oui vous avez raison, admit Odilon. Cela n'est pas important pour le moment, mais j'avais besoin d'en parler.

Il se leva et aida Maître Han à en faire autant.

- Je vais rejoindre ma sœur maintenant il est temps de nous préparer. Au revoir et merci, cria Odilon en regagnant sa cabane.

Chapitre LIV

Une attaque imprévue

Sur le sentier qui séparait le lac de la cabane, il rejoignit sa sœur qui l'attendait. Tout se passa très vite. Il l'entendit crier :

-       Ody ! Attention !

Un des soldats qui avait réussi à échapper aux pièges tendus par les brigands se précipitait à bride abattue sur Odilon l'épée en l'air.

Victoire poussa un hennissement et Odilon eut juste le temps de lui donner une petite tape sur la croupe pour le faire s'éloigner.

Il empoigna sa sœur pour la mettre de côté, mais déjà le soldat avait abattu son épée dans l'air en les dépassant.

Odilon sentit une violente douleur au bras gauche, il avait été touché. Mais l'épée avait ripé contre le talisman qu'il avait placé contre son cœur.

-       Au moins, se dit-il, il m'aura protégé.

Le soldat avait fait demi-tour et revenait à la charge de plus belle. Il ne fit aucun doute à Odilon que le dessein de ce cavalier était bel et bien de le tuer, tant sa haine transperçait de son visage.

Dans un sursaut, Odilon eut la présence d'esprit d'attraper une liane qui pendait à un arbre tout proche : il se lança et avec ses pieds projeta le cavalier hors de sa monture alors qu'il s'apprêtait à le décapiter. Une fois à terre, il était au même niveau et le combat pouvait commencer équitablement.

Odilon attrapa son épée et se battit autant qu'il le pouvait, mais il sentait que ses forces déclinaient se ressentant de son tournoi et de sa course folle à travers la lande. Sa vue se brouillait tellement la fatigue se faisait sentir. Il sentait que ses bras ne lui répondaient plus. Il était hors d'haleine.

Heureusement, Berty malgré son effarouchement ne s'affola pas quand elle vit que son frère avait besoin d'aide elle n'hésita pas une seule seconde.

Elle profita d'une occasion pour se glisser jusqu'à leur cabane où elle savait trouver un arc et des flèches qu'elle y avait cachés et qu'elle avait confectionnés, au cas où, à l'intention de son frère.

Une fois à l'intérieur de la cabane, elle attrapa l'arc et se dirigea vers l'ouverture de face qui donnait juste sur le combat.

Son frère était à terre, le soldat avait levé son bras et son épée allait transpercer le corps d'Odilon incapable de faire un geste supplémentaire.

Bertille banda son arc et décocha une flèche qui vint se loger en pleine poitrine de l'homme avant que l'épée ne remplisse son sinistre office.

Son frère était sauvé. L'homme lui tomba dessus, mais Odilon se dégagea en roulant sur lui-même de côté, le soldat s'écroula à terre.

-      Merci Berty décidément ce n'est pas mon jour! tu es super!
-      Tu vois que tu ne peux plus te passer de moi, je te suis indispensable!

Ils partirent d'un éclat de rire. Puis, Bertille ajouta :

-      Viens, il faut que je soigne ta blessure avant que tu ne repartes.
-      Oh! Ce n'est rien Berty, s'empressa de dire Odilon.
-      Laisse-moi en juger par moi-même s'il te plait!

Odilon se laissa faire docilement.

-      Regarde une flamme dans les airs, fit remarquer Bertille
-      La flèche enflammée! C'est le signal que j'attendais. Il va falloir que je me remette en route sœurette.
-      Pas question! s'écria fermement Bertille. Je ne resterai pas toute seule ici une fois de plus. C'est beaucoup trop dangereux. Désolé, Ody, mais cette fois, je viens avec toi. On ne sait jamais, je pourrais t'être utile...
-      Tu as sans doute raison, admit Odilon sans discuter.

Bertille descendit rejoindre son frère qui alla chercher Victoire.

-      Toi aussi, tu m'as sauvé la vie aujourd'hui. À la fin de cette aventure, je te promets une retraite heureuse et sereine.

Le cheval hennit en guise d'acquiescement.

Puis, ils se mirent en route vers le château via le repère des brigands.

Chapitre LV

La vengeance de Garin

Au moment où Odilon et Bertille prenaient la direction du repaire des brigands, Garin et sa troupe rentraient du tournoi et ramenaient Hermeline et Adeline au château. Il les conduisit directement dans la salle d'armes.

Il fulminait et ses traits, révulsés, faisaient ressortir la méchanceté de son visage. On aurait dit un dragon furieux qui laissait échapper de la fumée à travers ses naseaux.

Adeline prit la main d'Hermeline qu'elle trouva froide.

- Ne t'en fait pas ma chérie, lui murmura Hermeline en la serrant dans ses bras.

Mais ces paroles d'encouragement ne suffirent pas à rassurer Adeline. Tremblante, inquiète, elle n'avait jamais vu Garin avec ce visage si dur, lui qui était plutôt d'un naturel calme et timide devant elle, lui paraissait à ce moment être un homme d'une extrême violence et la tournure que prenaient les évènements la terrorisait.

Garin se retourna vers elle. Il s'approcha d'Adeline, mais ne réussit pas à soutenir son regard. Il fit signe à deux gardes.

-       Ramenez Mademoiselle dans le cachot aux côtés de sa mère. Je ne veux pas que ses beaux yeux assistent à ce qui va suivre.

Adeline ne réussit pas à prononcer un mot. Elle se laissa raccompagner non sans se retourner plusieurs fois sur Hermeline qui restait seule, mais digne au milieu de cette grande pièce.

-       Alors Madame, nous avons à parler.
-       Je ne vois pas de quoi Monsieur, dit Hermeline.
-       Je crois que vous avez quelques explications à me donner.
-       Sur quoi ? demanda Hermeline d'un air hautain.

Tout en parlant, Garin tournait autour d'elle pour accentuer son trouble et la déstabiliser.

-       Comment expliquez-vous que votre fils ait, une nouvelle fois, réussi à nous échapper ?
-       Mais, tout simplement parce que mon fils est plus fort que vous ! répondit Hermeline fièrement.
-       Plus fort que moi ? Plus fort que moi ? répéta Garin d'un ton de voix quelque peu dédaigneux. Laissez-moi en juger Madame s'il vous plait. La partie n'est pas terminée.

Hermeline resta silencieuse. Garin reprit.

-       Ne trouvez-vous pas un tant soit peu étrange, le nombre de moines venus assister à ce tournoi ?
-       Peut-être ont-ils besoin de distraction.
-       De distraction ? Je n'y avais pas pensé, souria Garin.

Puis, changeant de ton, il ajouta en hurlant :

- Arrêtez de vous moquer de moi ! Je pense que c'est vous, je ne sais comment d'ailleurs, qui avez réussi à prévenir l'Abbé de mes intentions.
- Moi ? dit Hermeline interloquée.
- Oui, vous ! Avec votre air de sainte nitouche !
- Mais je vous assure...
- Suffis ! trancha Garin. Ce ne peut être que vous, qui d'autre aurait pu prévenir ces moines ? Mais ne vous inquiétez pas, ils vont me le payer très cher... Mais la question n'est pas là pour l'instant. J'ai une autre question à vous poser et j'attends une réponse précise cette fois.

Hermeline garda le silence.

- Vous avez dû remarquer que nombre de mes amis ont été foudroyés lors de la fête que je donnais au début du tournoi après avoir bu de votre vin.
- Je... J'ai remarqué en effet, admit Hermeline soudain mal à l'aise.
- Comment expliquez-vous cela ? demanda Garin en soutenant le regard d'Hermeline.
- Je... Je ne sais, peut-être étaient-ils très fatigués, tenta Hermeline.
- Fatigués ? Oui bien sûr, comment n'y avais-je pas pensé tout seul ! Pour certains d'entre eux, cette fatigue leur aura été fatale.
- Que voulez-vous dire ?
- Comment ? Mais ne savez-vous pas que certains sont morts après avoir bu une gorgée de votre breuvage ?

Hermeline regarda Garin d'un air interrogatif.

-       Dit-il la vérité, se demanda-t-elle ou bien tente-t-il encore une de ces feintes pour la faire parler ?

Elle doutait d'autant plus des paroles de Garin qu'Odilon lui avait assuré que cette poudre n'était destinée qu'à endormir les soldats de Garin, ce qui fut d'ailleurs raté puisque Garin s'était méfié et avait interdit à ses hommes de boire avant le tournoi. La victoire de son fils n'en étant que plus grande aux yeux d'Hermeline.

Garin remarqua le trouble d'Hermeline et enchaîna.

-       Je vois Madame que vous semblez surprise par ce que je vous dis ?
-       Non, je réfléchis, voilà tout.
-       Faites-moi part de vos réflexions, voulez-vous ?
-       Je me demande comment cela a été possible, mentit Hermeline. Mon époux garde dans sa cave du vin de très bonne qualité. Nous avons toujours eu beaucoup de compliments...
-       Brisons là ! hurla Garin. Vous continuez à vous moquer de moi ?
-       Je ne me permettrais pas Garin.
-       Très bien ! vociféra Garin rouge de colère.

Il fit signe à deux gardes de s'approcher.

-       Allez me chercher les deux servantes et ramener les moi ! ordonna-t-il.

Et s'adressant à Hermeline :

\-   On verra bien ce qu'elles auront à dire. Ce sont elles qui ont servi le repas, elles doivent bien savoir quelque chose, ne pensez-vous pas ?

Hermeline ne répondit pas. Elle se remémora le moment ou Laudine avant de sortir du cachot, s'était emparée de la petite boîte de poudre. Que s'était-il passé ensuite ? Hermeline ne le savait pas puisqu'elle n'avait pas pu parler à Nicolette depuis le tournoi, mais il semblait bien pourtant qu'elles avaient réussi à verser la poudre dans les barriques puisque ceux qui avaient bu du vin étaient tombés endormis.

Laudine et Nicolette arrivèrent, encadrées par quatre gardes. L'un d'eux s'adressa à Garin.

\-   Il y a trois des cuisiniers qui sont endormis, Monsieur.
\-   Dans la cuisine ? demanda Garin.
\-   Oui Monsieur. Nous avons eu beau faire, mais nous ne sommes pas arrivés à les réveiller.
\-   Tiens tiens, merci mon vieux Bernier, dit-il en lui faisant signe de se retirer.
Puis s'adressant à Hermeline

\-   Voilà Madame que votre château est transformé en château de la belle au bois dormant ! ironisa-t-il.

Hermeline ne dit rien. Il lui parut évident que ces gens de cuisine avaient dû boire subrepticement dans un des tonneaux avant que celui-ci ne soit monté dans la charrette pour être transporté sur le terrain du tournoi.

Garin la coupa dans ses réflexions.

-       Approchez-vous petites, dit-il en s'adressant aux deux servantes.

Laudine et Nicolette, terrorisées, avancèrent à côté d'Hermeline qui leur sourit.

-       Dites-moi, c'est bien vous qui avez choisi les tonneaux dans la cave et qui les avez fait transporter sur le lieu du tournoi.
-       Oui, répondirent en chœur Laudine et Nicolette.
-       Bien. Pouvez-vous me dire maintenant ce que vous avez versé dans mon vin ? demanda-t-il abruptement.
-       Mais rien Monsieur, répondirent en chœur les deux jeunes filles prenant leur air le plus innocent.
-       Alors comment se fait-il que tous ceux qui ont bu de ce vin se soient mystérieusement endormis ?

Nicolette regarda sa maîtresse qui lui fit signe de ne pas s'inquiéter. Elle avait suivi à la lettre les consignes qui lui avaient été données. Elle et Laudine avaient été chargées de sélectionner les tonneaux de vin pour la fête. Ils leur avaient été facile de verser un peu de poudre dans chacun des tonneaux avant que les gardes ne les portent dans le chariot.

Nicolette se rappelait qu'en passant devant les cuisines, lors du dernier passage, ils s'étaient arrêtés quelques minutes pour souffler, c'était sûrement à ce moment-là que les trois gens de cuisine en avaient profité pour en boire une petite gorgée qui les avait endormis.

Garin aperçut la détresse de Nicolette et insista.

-       Alors j'attends.
-       Nous ne savons pas, Monsieur, osa Nicolette tremblante.

- Nous avons fait tout ce que vous nous avez demandé de faire, compléta Laudine. Et rien de plus nous vous en assurons.
- Vous m'en assurez ! reprit Garin. Très bien puisque vous le prenez ainsi.

Garin s'approcha d'un des soldats.

- Amenez-moi Aspremond et Isembard.

Le garde sortit. Garin se retourna et s'adressa à nouveau à Laudine et Nicolette.

- Connaissez-vous Aspremond et Isembard ? demanda-t-il.

Les deux servantes se regardèrent.

- Non, répondirent-elles ensemble.
- Et bien vous allez les connaître, dit cyniquement Garin. Vous verrez, ce sont deux hommes absolument charmants.

Laudine et Nicolette frissonnèrent. Deux hommes à la mine patibulaire se placèrent dans l'encadrement de la porte.

- Entrez, entrez, lança Garin à leur intention. Voilà deux jeunes filles dont j'aimerais que vous vous occupiez.

Les deux hommes se retournèrent en direction des deux jeunes filles qui se blottirent l'une contre l'autre.

- Accompagnez ces Messieurs, Mesdemoiselles. Occupez-vous consciencieusement d'elles, Messieurs. J'aimerais avoir une réponse à ma question. Je vous rejoindrai dans quelques minutes lorsque vous aurez commencé votre travail.

Laudine et Nicolette cherchèrent le regard d'Hermeline. Celle-ci sembla très ennuyée et tenta une diversion.

- Garin ne pensez-vous pas qu'il puisse s'agir de quelqu'un dans le château qui aurait pu verser quelque chose dans les tonneaux ?
- Qui ?
- Mais je ne sais pas, Laudine et Nicolette n'étaient pas chargées de surveiller ces tonneaux. Il se peut très bien qu'il ait profité d'un moment d'inattention d'un de vos gardes pour agir.

Garin réfléchit quelques instants puis répondit.

- Oui cela est bien possible en effet. Est-ce ainsi que cela s'est passé ? demanda-t-il à Laudine.
- Bah... À vrai dire nous n'en savons rien. Mais il est vrai que si des gens ont pu boire dans le tonneau... commença Laudine.
- ... quelqu'un aurait pu y verser quelque chose sans que personne ne le vît, termina Nicolette
- Vous m'agacez toutes autant que vous êtes ! trancha Garin. À qui puis-je me fier ? Comment vous faire confiance ?

Il marqua une pause et reprit.

- Alors si vous n'avez rien à cacher vous ne pouvez pas avoir peur de mes deux bourreaux, dit-il.
- Mais vous savez bien Garin que la torture fait parler même les innocents, risqua Hermeline.

Laudine et Nicolette s'en remettaient entièrement à leur maîtresse pour leur sauver la mise.

Aucune d'elles ne bougea pendant les quelques minutes qui suivirent, espérant que Garin allait changer d'avis.

Celui-ci les observa attentivement.

- Très bien Mesdames, comme vous voudrez, conclut Garin. Puisque c'est ainsi... Après tout, tout cela fait partie du passé et je n'ai pas le temps maintenant de m'occuper de ces détails.

Il appela ses gardes.

- Ramenez-moi ces deux petites dans leur cellule avec les autres. Et veillez à ce qu'elles soient attachées de la manière la moins confortable qui soit.
- Oh merci, merci Madame, s'écrièrent-elles en chœur.
- C'est à moi que vous devriez dire merci, lança Garin. Quant à vous Madame, dit-il en s'adressant à Hermeline, je vous réserve le meilleur.
- Je n'en demande pas tant, Monsieur
- Vous non plus ne connaissez pas mes deux bourreaux, je crois ?
- Je n'ai pas ce plaisir.
- Oh ! Je ne sais s'il s'agit d'un plaisir, Madame. Peu sont ceux qui sont passés entre leurs mains sont revenus pour me le dire. Ah ah ah !!!!!!!

Hermeline frissonna en entendant ce rire sarcastique. Elle se doutait du sort que Garin lui réservait. Elle l'avait d'ailleurs compris dès qu'Odilon avait réussi à s'échapper. Il fallait à Garin se venger et il se vengerait contre la seule personne qu'il avait sous la main et qui ferait souffrir Odilon : c'est-à-dire sa mère !

Hermeline était prête à affronter la torture qu'il lui réservait, elle s'y était préparée mentalement pendant le retour autant que l'on puisse se préparer à ce genre de chose.

Une seule chose comptait pour elle : la vie de ses enfants. Et au fond d'elle, elle n'était pas fâchée non plus d'avoir pu épargner également la vie de ces deux petites servantes pour lesquelles elle éprouvait un attachement sincère.

Quoiqu'il pût arriver maintenant, elle avait fait ce qu'elle devait et remplit la mission que son fils lui avait confiée.

Elle ne souhaitait qu'une chose pourtant : c'était de revoir ses enfants avant de mourir, si tel devait être son destin.

Garin s'adressa à Aspremond et Isembard.

-       Je ne vous ai pas fait venir pour rien mes amis. Emmenez Hermeline dans la salle de torture et préparez-la. Vous m'avez dit ne pas connaître mes deux bourreaux Madame ? Et bien nous allons réparer cela ! Ils sont exceptionnels pour faire souffrir, à la limite du possible, un condamné. Pour cela, ils font des merveilles. Ce sont eux qui s'étaient occupés de Robert, le maréchal-ferrant et ancien prévôt de la ville, il y a quelque mois de cela. Vous rappelez-vous ? Peu importe, Je vous rejoindrai dans quelques minutes, quand le spectacle deviendra intéressant. Et croyez bien, Madame que vos cris ou vos supplications n'empêcheront pas ces deux hommes de continuer leur besogne jusqu'à ce que je les arrête. Et je n'ai pas l'intention de les arrêter tout de suite, vous vous en doutez bien. Si je n'ai pas réussi à attraper Odilon, je me vengerai sur sa mère, c'est toujours mieux que rien !

Aspremond et Isembard empoignèrent fermement Hermeline qui ne chercha même pas à se débattre. Elle tourna la tête et les suivit en espérant, tout au fond d'elle-même, que son fils viendrait les délivrer avant qu'il ne soit trop tard.

Chapitre LVI

Un moment de réflexion

Après le départ d'Hermeline, Garin fit chercher Laudine et Nicolette et leur demanda de lui servir des rafraîchissements et d'en porter aux soldats en faction, pensant qu'il en aurait bien besoin pour se préparer à un éventuel danger qu'au fond de lui il supputait.

- Et pas de blagues cette fois ! leur lança-t-il de son regard glacial.

Mais les deux servantes étaient bien trop terrorisées pour oser tenter quoi que ce soit et, de toute façon, même si elles en avaient eu l'intention, il ne leur restait plus de poudre de sommeil.

Garin monta sur le parapet pour faire la revue de ses troupes. Il réconforta ceux d'entre ces soldats qui perdaient espoir, encouragea ceux qui avaient décidé de se battre.

Il était conscient que les choses ne se passaient pas comme il l'avait espéré. Il avait perdu une nouvelle bataille, certes, mais ne s'estimait pas vaincu pour autant.

Il avait maintenant à faire un choix crucial et capital : soit s'enfuir avant l'arrivée d'Odilon — il lui restait assez de temps pour le faire — arrivé qu'il pensait proche étant sûr qu'Odilon allait tenter quelque chose ; soit rester et continuer la bataille coûte que coûte et quoiqu'il puisse advenir.

Garin ne voulait pas s'enfuir et s'avouer vaincu devant cette famille qu'il haïssait.

Dans son délire, il espérait qu'il lui restait une chance, même infime. Après tout, n'avait-il pas une monnaie d'échange de grande valeur et il était prêt à parier qu'Odilon ne tenterait rien tant que sa mère était sa prisonnière et qu'elle courrait un quelconque danger. Ainsi, escomptait-il donc lui faire abandonner la partie.

Si Garin avait perdu cette bataille, c'était parce qu'il avait sous-estimé Odilon et sa capacité à trouver des alliés qui lui prêteraient mainforte. Il pensait que la terreur qu'il avait fait régner dans la contrée et dans celles environnantes était suffisante pour réduire les appétits de ceux qui voulaient s'opposer à lui.

Garin n'avait jamais eu le sens de l'amitié, il ne connaissait même pas la définition exacte de ce mot, comment, dans ces conditions, pouvait-il envisager qu'Odilon puisse ainsi rassembler, autour de lui, des gens assez fidèles et courageux pour lui prêter main forte et oser s'opposer au pouvoir de la terreur allant jusqu'à risquer leur vie pour sauver les Beaufort.

Et surtout, Garin n'avait jamais imaginé, trop imbu qu'il était de sa valeur ou de sa personne, que le mal qu'il avait fait à toutes ces personnes innocentes pouvait ou pourrait un jour se retourner contre lui.

Pour Garin, seuls comptaient la force et le pouvoir de l'argent ; c'étaient ses seules motivations dans la vie. Dans ces conditions, il ne pouvait penser qu'il puisse exister d'autres idéaux pour d'autres personnes : c'était pour lui comme parler une langue étrangère qu'il ne comprenait pas.

Après avoir fait le tour de toutes ses troupes, il redescendit dans la grande salle, aujourd'hui désertée et vide et repensa à sa dernière conversation avec Raoul, son fidèle allié, son fidèle homme de main, celui qui lui avait toujours obéi, il qu'il n'avait pas su écouter.

Peut-être qu'au fond, il n'avait pas su reconnaître l'amitié là où elle aurait pu se trouver.

- On ne construit pas sur des ruines ! se dit Garin tristement.

Dans un soupir, il prit l'escalier en direction de la salle de torture pour retrouver Hermeline.

Chapitre LVII

Où une surprise attend Odilon au campement des brigands de la forêt

Odilon et Bertille étaient en route pour rejoindre Geoffroy et sa bande qui les attendait à quelques dizaines de mètres de l'endroit où avait eu lieu le guet-apens.

Ils avaient à peine fait quelques pas à l'entrée du repaire des brigands qu'ils virent arriver Geoffroy accompagné de ses deux compères qui venaient à leur encontre.

- Vous voilà enfin tous les deux ! se réjouit Geoffroy.
- Nous avons vu la flèche, et nous avons pensé que c'était le signal convenu, précisa Odilon.
- Oui, s'est exact, confirma Geoffroy.

Puis il les serra tendrement dans ses bras en ajoutant :

- Comme j'ai eu peur pour votre vie. Mais Dieu soit loué vous êtes sains et saufs !
- Oui et il s'en est fallu de peu, ajouta Bertille.
- Comment cela ? demanda Geoffroy soudain inquiet.
- N'auriez-vous pas vu un soldat égaré passer dans les environs ? demanda ironiquement Odilon.
- Egaré ? reprit Bertille. Quand nous l'avons vu il ne semblait pas égaré du tout et savait très bien où il allait croyez-moi !

- Que voulez-vous dire ? demanda Geffroy intrigué.
- Que nous l'avons un peu croisé, trancha Odilon.
- Croisé ? Mon Dieu c'est ce que je craignais ? s'enquit Geoffroy.

Odilon fit à Geoffroy le récit de l'aventure qu'ils venaient de vivre, sa sœur et lui, lorsque le soldat, rescapé de la troupe avait tenté de les assassiner.

- Et cela aurait réussi sans l'intervention de Bertille qui lui a décoché une flèche entre les deux épaules.
- Vous, Mademoiselle ?! s'écria Geoffroy chaleureusement. Toutes mes félicitations !

Puis il regarda Bertille d'un air sombre.

- C'est heureux, en effet. Mais je me demande comment cet homme a fait pour se frayer un chemin à travers nos lignes. Quand Enguerand a donné l'alerte en signalant qu'il lui avait semblé avoir vu quelqu'un s'enfuir dans la forêt et se diriger vers ta cabane, il était déjà trop tard pour le rattraper. De toute façon, dans l'affolement de l'assaut, nous n'avions pas le temps de le prendre en chasse. Mais dès que j'ai pu, je me suis mis en route pour vous prévenir.
- Et vous n'êtes jamais arrivé, dit Bertille avec reproche.
- Non, car j'ai été arrêté en chemin par Adalberon qui est venu me chercher.
- Et bien, rassurez-vous, souria Odilon, votre homme ne dérangera plus personne maintenant.
- Il t'a quand même blessé ! s'exclama Bertille.
- Blessé ? s'enquit Geoffroy.
- Juste une égratignure, précisa Odilon.
- Montre voir.

Odilon montra, à Geoffroy, son épaule et l'estafilade.

- Je vois que tu as eu la chance d'être soigné par une infirmière hors pair ! constata Geoffroy en faisant un clin d'œil à Bertille.
- Cela n'empêche que mon frère a manqué de se faire tuer trois fois aujourd'hui et que j'aimerais autant qu'il n'y ait pas de quatrièmes fois !

Odilon et Geoffroy rirent en cœur.

- Tu en as de la chance d'avoir un tel ange gardien Odilon !
- De la chance ? On voit que vous ne la connaissez pas !

Bertille donna une bourrade affectueuse à son frère.

- Il est temps de nous mettre en route pour le campement.
- Le campement ? Mais ne devions-nous pas nous rendre directement au château ? demanda Odilon.
- Si fais mon gars. Mais mes hommes sont fatigués. Et comme il faut attendre que la nuit soit noire, cela nous laisse le temps de passer au campement pour nous reposer un peu.

Et il ajouta, avec un air mystérieux.

- Et puis... je voudrais te montrer quelque chose.
- De quoi s'agit-il ? demanda Odilon soudain curieux. Une surprise ?
- Ça mon gars, je te laisse le découvrir quand nous serons arrivés.

Odilon se sentit tout excité. Il lui tardait de connaître cette surprise préparée par Geoffroy. Ils continuèrent la route de compagnie.

Un peu avant d'arriver au campement, Odilon entendit des bruits de voix et des coups de cognée, martelés de façon régulière.

-       Qu'est-ce que cela ? demanda-t-il à Garin

Mais celui-ci ne répondit pas et se contenta de sourire. Ce qui eut pour effet d'intriguer d'autant plus Odilon qui se demandait ce que les hommes de Geoffroy pouvaient bien être en train de faire.

À l'instant où ils entrèrent dans le repère, il faisait nuit noire. Tout semblait être redevenu calme.

À première vue, il ne semblait pas se trouver dans un repaire de brigands après une échauffourée. Le bruit semblait s'être arrêté. Un feu brûlait au milieu du campement répandant autour de lui une faible clarté et une douce chaleur.

Odilon frissonna en se rappelant sa première visite.

Certains des hommes nettoyaient leurs armes, d'autres arrosaient copieusement une énorme pièce de gibier qui tournait sur la broche au centre du feu, d'autres encore étaient vautrés autour du feu, riant et buvant, d'autres enfin se reposaient dans un coin reculé.

Ce ne fut que lorsqu'il fut arrivé tout près du foyer qu'Odilon comprit ce que Geoffroy lui avait réservé.

Là tout près de l'âtre, à quelques pas de lui, étaient posées d'immenses échelles de bois aux dimensions bien supérieures à la moyenne. Plus loin, de gigantesques mantelets étaient amassés en piles les uns sur les autres. À côté d'eux, de longues et solides cordes étaient roulées en boule.

Odilon était si émerveillé qu'il resta pantois d'admiration. Il se retourna vers Geoffroy.

- Mais comment avez-vous fait pour réaliser cela si vite ?
- Mais nous aussi, mon gars, nous avons nos petits secrets ! répondit malicieusement Geoffroy.

Odilon comprit l'allusion que Geoffroy faisait à l'apparition mystérieuse de son armure et préféra ne pas épiloguer. Geoffroy enchaîna.

- Bon, venez tous. Je vais vous expliquer comment je compte m'y prendre pour la troisième phase de notre plan.

Geoffroy emmena Odilon et Bertille jusqu'à sa tente.

- Là tu pourras te reposer un peu avant de repartir dans une heure ou deux.
- Ce n'est pas de refus, je vous avoue que je suis fourbu, admit Odilon.
- Fourbu ! s'écria Bertille. Tu es tellement fatigué que tu ne pouvais plus lever le bras tout à l'heure et j'ai bien cru que cet homme en aurait fini avec toi ! Mon frère est épuisé, il faut absolument qu'il se repose sinon il ne vous sera d'aucune utilité tout à l'heure !

Geoffroy rit de bon cœur.

-       C'est une vraie mère poule que tu as là, Odilon ! Avec un garde comme celui-là, tu peux être tranquille. Sache mon enfant, dit-il à l'attention de Bertille, que nous ne sommes pas des bourreaux, loin s'en faut. Ton frère va pouvoir se reposer un peu après s'être sustenté à sa convenance, un corps aussi solide a besoin d'énergie pour avancer.

Il se retourna vers le foyer.

-       Voyez la belle bête que nous vous avons préparée à votre attention. Il ne nous reste qu'à la déguster ! À table mes amis cria-t-il à la cantonade.

Tous les hommes se regroupèrent autour du foyer et se servirent copieusement. Les trois compères se mirent un peu à l'écart.

-       Il nous manque du gingembre ou de la coriandre pour relever un peu tout cela ! fit remarquer Geoffroy.
-       Je trouve cela très bon, fit Odilon en attaquant un morceau de viande.
-       Profitons de ce moment de calme pour que je vous expose la dernière phase de mon plan, dit Geoffroy soudain plus grave.
-       Allez-y, nous vous écoutons, dit Bertille.
-       Analysons la situation point par point.
-       Analysons, répondit en écho Odilon en avalant goulûment de grosses bouchées de gibier.
-       Votre château est entouré de douves, peu profondes, de 15 mètres, de large environ commença Geoffroy.

Odilon acquiesça.

- Ce château est surtout accessible par sa face Sud, les trois autres faces étant trop abruptes pour permettre une attaque ;
- C'est toujours exact, confirma Odilon.
- Compte tenu de cela et du fait que j'ai peu d'hommes à ma disposition, nous concentrerons donc l'attaque sur cette face Sud. Je ne mettrais que quelques hommes, en faction, sur les faces Nord, Est et Ouest, pour parer à une éventuelle fuite de Garin.
- Bonne idée ! Mais comment comptez-vous vous y prendre pour attaquer la face sud ? s'enquit Odilon.
- Voyez plutôt.

Comme à son habitude, Geoffroy se mit à dessiner sur la terre.

- Voilà le château avec ses douves. Vous avez vu, en entrant dans le campement tout à l'heure, les longues échelles que j'ai fait fabriquer ?
- Oui.
- L'idée est de placer ces échelles le long de la paroi du château.
- Mais cela est impossible ! Les douves vous en empêcheront.
- Si l'on tient compte de la profondeur des douves en ce moment, je prends le pari que cela est possible.
- Je demande à voir !
- De toute façon, ses échelles nous permettront de traverser les douves à la place du pont-levis lorsque celui-ci sera détruit.
- Je placerai des lanciers, juste derrière les soldats aux échelles. Derrière, je place des archers protégés par les mantelets que tu admirais tout à l'heure.
- Cela me semble plausible.

-       Tout à fait derrière, termina Geoffroy, je disposerai des frondeurs qui couvrent les autres soldats.

-       Des frondeurs ! s'exclama Odilon. Vous avez confectionné des frondes ?

-       Et oui mon enfant, je savais que cela te ferait plaisir !

-       Ah oui alors ! Je peux essayer ? demanda Odilon heureux comme un enfant qui découvre un nouveau jouet.

-       Bien sûr.

Geoffroy alla jusqu'à sa tente. Il en rapporta une pochette de cuir à laquelle étaient attachés deux cordes et un sac de cuir contenant quelques pierres.

-       Je pense que tu sais t'en servir ? demanda malicieusement Geoffroy.

-       Si je sais m'en servir ! renchérit Odilon. Vous allez voir. Mais il me faut une cible.

-       Pourquoi pas cet arbre là-bas !

-       D'accord.

Odilon se leva, prit la pochette, mit une pierre dedans. Il tint la pochette dans une de ses mains et tendit les cordes de l'autre. Puis, il fit tournoyer la fronde jusqu'à ce qu'elle ait atteint la vitesse voulue. Il lâcha, alors, une des cordes ce qui eut pour effet de propulser violemment la pierre qui atteint son but en s'écrasant sur l'arbre visé. Des clameurs s'élevèrent dans la bande à Saurus.

-       Prenez-en de la graine ! lança Geoffroi à l'attention de ses hommes. Ce petit a réussi en une seule fois ce que vous vous entraînez à faire depuis plusieurs jours !

- Ne soyez pas trop dure avec eux Geoffroy, intervient Odilon. Moi, je pratique la fronde depuis mon enfance, je suis né avec pour ainsi dire !

Geoffroy dodelina de la tête.

- Nous avions pensé à construire une catapulte et un beffroi roulant, mais j'ai craint que la première ne détruise en partie ton château avec les lourdes pierres qu'elle lance et je ne vois pas l'utilité de l'autre vu la largeur de tes douves.
- Votre stratagème me paraît bien préparer Geoffroy, mais il me semble que vous avez oublié un tout petit détail.
- Lequel ? demanda Geoffroy intrigué.
- Croyez-vous que Garin vous laissera faire sans se défendre ?

Geoffroy ne répondit pas.

- Mon grand-père en construisant ce château avait prévu de telles attaques. Il avait même envisagé que les douves puissent un jour s'assécher, voire même geler en hiver ! Je peux vous dire que Garin possède de nombreux atouts pour vous empêcher d'entrer !
- Comme ? demanda Geoffroy soudain inquiet.
- Le château possède des meurtrières étroites percées dans le mur et sous le chemin de ronde se trouvent des mâchicoulis par lesquels ils peuvent vous jeter à la tête toutes sortes d'objets divers !
- Hum... C'est une information importante, en effet, admit Geoffroy.
- D'autant plus que Garin a dû prévoir notre attaque. Mon grand-père avait également fait construire des hourds pour lui permettre de se défendre et de repousser les assaillants !

- Qu'est-ce que des hourds ?
- Des galeries en bois construits en encorbellement au sommet du château et qui permettront aux soldats de Garin de faire pleuvoir des projectiles sur leurs assaillants par des orifices aménagés dans le plancher.
- Je n'y avais pas pensé en effet, admit Geoffroy dont l'enthousiasme était retombé.
- Il peut jeter des pierres, des brandons allumés, même des roues de chariots sans parler de l'huile bouillante qu'il versera à travers ces hourds ! termina Odilon.
- Cela peut nous retarder en effet, admit Geoffroy, mais pas nous empêcher d'entrer !
- Même si vous recevez sur la tête, un mélange de souffre, de la poix et du feu grégeois ?
- De quoi parles-tu ?
- De cette composition à base de salpêtre et de bitume dont la particularité est de continuer à brûler dans l'eau, que je suis certain que Garin connaît, et qu'il va utiliser.
- Ce qui veut dire ?
- Si vous faites monter à pic vos soldats sur vos échelles, si tant est qu'ils y arrivent ce dont je doute, ils n'iront pas bien loin et seront morts avant d'avoir atteint le dernier échelon !

Geoffroy écouta sans mot dire. Il réfléchit quelques instants, puis reprit la parole.

- Tu as une autre idée ? demanda-t-il vexé à Odilon sur un ton de défi.
- Je pense que votre idée d'attaquer les soldats qui montent la garde sur le parapet ou le chemin de ronde est une très bonne idée qu'il faut garder. Mais je préférerais pour ma part entrer dans le château au préalable afin d'abaisser le pont-levis pour vous permettre d'entrer.

- À mon tour de douter de la réussite d'un tel plan. Sérieusement, Odilon comment veux-tu entrer, seul, dans le château ? Ce n'est pas sérieux !
- Je suis de son avis, renchérit Bertille.
- Et pourtant, si je vous dis que je peux entrer sans être vu, c'est que je peux le faire, croyez-moi ! N'ai-je pas déjà réussi à entrer et à ressortir vivant de ce château ?

Bertille et Geoffroy échangèrent un regard interrogateur.

- Justement, parlons-en, je voudrais bien savoir comment tu t'y es pris ? questionna Bertille.
- Et bien tu ne le sauras pas... Du moins pas encore ! ajouta Odilon en voyant le regard courroucé de sa sœur. N'oubliez pas que ma mère, vos filles et le reste de la famille sont retenues prisonnières dans ce château. Je ne veux pas risquer leur vie. Et, je dois vous avouer que j'aimerais, autant que faire se peut, que le château subisse le moins de dommage possible.
- Bon. Admettons que tu parviennes à abaisser le pont-levis, ce qui pour moi est une utopie, que proposes-tu ensuite ? interrogea Geoffroy.
- Dans un premier temps, il faut attaquer les soldats qui montent la garde au sommet des remparts avec leurs archers et vous occupez des hourds. Il faut impérativement que ces hourds aient été détruits avant de placer vos échelles, sinon vous risquez de recevoir sur votre tête de l'eau ou de l'huile bouillante.
- Et comment doit-on s'y prendre ? demanda Geoffroy.
- Il faudrait donner pour mission à vos archers de lancer des flèches enflammées sur les hourds afin de les rendre inopérables pour les soldats.
- Cela peut se faire, remarqua Geoffroy.
- Une fois parvenus au mur d'enceinte et les douves franchies, utilisez vos échelles en les dressant contre les

murailles, même si vous ne pouvez pas les utiliser, cela gênera le tir des soldats qui ne manqueront pas de décocher leurs flèches sur les hommes qui commenceront à escalader les murs.

- Ce qui revient à dire que ces hommes vont se faire tuer !

- Pas s'ils se protègent avec leurs boucliers. Ce qu'il faut, c'est concentrer l'attention des soldats sur ces hommes pendant qu'un autre groupe entrera dans le château.

- On pourrait imaginer qu'ils placent tous leurs boucliers au-dessus de leur tête afin de former un rempart inattaquable ! s'exclama Geoffroy qui avait retrouvé son enthousiasme.

- C'est un peu près cela.

Geoffroy et Bertille écoutaient sans mot dire, admiratifs.

- Une fois les douves franchies, reprit Odilon, l'autre groupe s'engagera dans la faille laissée par le pont-levis que j'aurai abaissé. Une fois entrée dans le château et passé la première enceinte, il faudra vous diriger vers la deuxième enceinte, celle qui se trouve la plus à l'intérieur afin d'assiéger le donjon.

- Mais c'est probablement dans ce petit fort que se concentre la défense de Garin ! s'exclama Geoffroy.

- Justement.

- Mais il doit faire 31m de haut au moins !

- À peu près.

- Et il mesure au moins 4 m d'épaisseur.

- En effet.

- Soit, dit Geoffroy vaincu par la détermination d'Odilon. Et ensuite ?

- Le plus dur sera de franchir le terrain découvert qui mène aux douves, mais je pense que votre stratégie est bonne et nous aurons la nuit comme alliée. Mais attention : vous ne devez lancer l'attaque que lorsque je vous enverrai le signal que nous aurons convenu.

Le plan d'Odilon était simple et minuté à la seconde près. Il y eut un silence que Geoffroy coupa.

-        Et bah, mon garçon tu m'épates ! Tu m'as convaincu ! Je vais parler à mes hommes, pendant ce temps va te reposer un instant. Nous nous mettrons en route ensuite.

Après s'être repu et content de sa prestation, Odilon se retira dans la tente de Geoffroy pour s'y reposer.

À peine était-il allongé sur la couche qu'il s'endormit d'un profond sommeil.

Chapitre LVIII

Où Bertille et Geoffroy devisent tranquillement

À l'extérieur, Geoffroy après avoir parlé à ses hommes, se rapprocha de Bertille qui finissait un gros morceau de viande.

- Vous êtres bien courageuse mon enfant. Je dois avouer que je vous admire.
- Courageuse ? répéta Bertille. Oui peut-être, je ne me rends pas bien compte, avec mon énergumène de frère, je n'ai pas beaucoup le temps de réfléchir avant d'agir !
- Vous prenez les bonnes décisions et Odilon a en vous une alliée sans faille sur laquelle il peut se reposer.

Bertille avala la dernière bouchée.

- Vous savez, je voudrais que toute cette affaire se termine très vite maintenant. Ody a été très éprouvé par tous les évènements qu'il a vécus dernièrement et je sais qu'il n'apprécie pas du tout ce qu'il est obligé de faire en ce moment.
- Personne n'apprécie de tuer son prochain. Mais nous voulons tous faire éclater la vérité et il ne nous reste plus qu'un tout petit effort avant la victoire.
- Un petit effort ? lança Bertille. Vous appelez ça un « tout petit effort » que d'assiéger un château gardé par des soldats armés jusqu'aux dents ?
- Bien sûr ! Mais il ne s'agit pas de n'importe quel château, mais de votre château. Et qui mieux que vous le connaissez dans

ses moindres recoins ? Quant aux soldats, ils ne doivent plus être très nombreux maintenant. Peut-être que certains se sont même enfuis en voyant la tournure que prenaient les évènements.

- Peut-être avez-vous raison. Mais je ressens comme une boule dans l'estomac depuis le début de cette histoire. Je ne peux m'empêcher de penser à ma mère et aux autres membres de notre famille que j'ai laissés seuls aux mains de ces brigands. Qu'est-il advenu d'eux ? Vous savez, je brave comme ça devant mon frère parce que je veux le soutenir et l'encourager, mais au fond de moi j'ai envie de pleurer à chaudes larmes.

Geoffroy regarda Bertille affectueusement. Il hésita, puis la prit dans ses bras et la serra aussi fort qu'il put.

- Moi aussi, je pense à ma fille. Vous avez à peu près le même âge. Moi aussi j'ai peur. Et moi aussi je voudrais que toute cette histoire finisse. Si nous réussissons, ce sera grâce à ton frère et crois-moi, cela, je ne l'oublierai jamais.

Bertille se serra contre Geoffroy. Elle se sentait en sécurité tout près de ce corps fort et musclé. Pour la première fois depuis bien longtemps, il lui apparut que son père lui manquait cruellement.

- Nous ferions mieux d'aller nous reposer un peu nous aussi, proposa Geoffroy.
- Oui vous avez raison, reconnut Bertille.

Ils se levèrent et se dirigèrent vers la tente de Geoffroy sous laquelle Odilon se reposait. Geoffroy la fit entrer, mais resta dehors. Il préférait ne pas déranger Odilon et laisser les deux enfants seuls, tous les deux.

Bertille alla s'allonger à côté de son frère. Elle le regarda dormir d'un sommeil profond. Elle s'allongea sur le dos et se mit à penser. Elle n'avait pas sommeil, elle était plutôt énervée à l'idée des évènements qui se préparaient. Pourvu que son frère tienne le coup et qu'il soit à la hauteur. Elle ne pouvait s'empêcher de penser que la vie de sa mère dépendait de la réussite de l'opération à venir. Elle ferma les yeux et se mit à rêver du retour de son père.

CHAPITRE LIX

Où Odilon part en éclaireur dans le château

Quand Odilon et ses amis arrivèrent aux abords du château, tout semblait calme et paisible. Trop calme de l'avis de Geoffroy qui imaginait une nouvelle ruse de Garin.

Ils avaient quitté le campement, à peine une heure plus tôt. Odilon avait eu du mal à se réveiller et Bertille avait dû le secouer, comme un prunier, pendant de longues minutes avant qu'une bonne gorgée d'un liquide que lui offrit Geoffroy, achevât de le réveiller.

Bertille n'avait rien dit, elle s'en était bien gardée, mais elle avait hâte que cet assaut soit terminé. Elle était consciente que, dans sa position, cachée à l'abri des brigands, elle ne risquait pas grand-chose. Ce qui était loin d'être le cas de son frère et de sa famille qui, elle, risquaient d'être décimés sous ses yeux.

Quand elle vit Odilon avoir des difficultés à se réveiller, elle se prit à craindre le pire de l'issue de ce combat final. Il s'en était déjà fallu de bien peu lors de l'attaque du soldat égaré et elle avait conscience que son frère n'était pas dans la forme idéale qu'il aurait fallu pour s'attaquer, seul, aux hommes qui seraient à l'intérieur du château.

Elle avait fait part de ses craintes à Geoffroy, mais celui-ci, bien que tentant de la rassurer, n'avait réussi qu'à augmenter son inquiétude.

Bertille était, en outre, tout à fait sûre que Garin tenterait le tout pour le tout pour sortir vainqueur du piège qu'il avait lui-même tendu.

Et elle était d'avis que le plan mis au point avec Geoffroy ne se passerait pas d'une façon aussi simple que prévu théoriquement.

Cependant, était-ce la fraîcheur de la nuit ou bien la promenade qu'elle venait de faire dans la forêt, Bertille ne tarda pas à chasser de son esprit ses mauvaises pensées et reprit confiance en son frère et en l'issue de ce combat lorsqu'elle le vit qui reprenait peu à peu ses forces et enfourchait vaillamment son cheval en cours de route. Elle n'eut à ce moment plus aucun doute sur sa détermination.

Arrivé à proximité du château, Odilon fit signe à la troupe de stopper. Il fallait qu'ils restent à couvert sans se faire remarquer. Ils firent donc halte à proximité d'un éperon rocheux situé un peu plus bas, côté Sud du château.

Ce qui frappa Odilon tout de suite, ce fut le chemin de ronde qui se trouvait sur la plus haute tour : alors qu'il s'attendait à voir s'y concentrer un grand nombre de soldats, monter la garde, il ne vit qu'un chemin désert !

Cela le surprit d'autant plus que cela n'était pas concevable avec la prudence légendaire de Garin. Odilon admit que ce dernier avait perdu beaucoup d'hommes au cours du tournoi et de la poursuite qui s'en suivit, mais pas assez cependant pour qu'il n'y ait plus de gardes du tout en faction sur le chemin de ronde.

La première idée qui lui vint à l'esprit était que sa mère, Hermeline, avait réussi à verser la poudre de mandragore — comme il le lui avait demandé — dans la boisson des soldats.

Cependant, il avait été surpris du nombre de soldats qui se trouvait au tournoi ; si la poudre avait fait son effet, ils auraient dû être beaucoup moins nombreux. Odilon en conclut donc que son stratagème avait été déjoué par Garin.

Cependant, cela n'expliquait pas pourquoi il y avait si peu de soldats en faction. À moins que...

Odilon n'eut que le temps de faire signe à ses compagnons de se coucher : il venait d'apercevoir un groupe d'une dizaine de soldats qui arrivait de l'autre côté et se dirigeait en direction du château.

Une fois parvenus près du pont-levis, le guichet s'ouvrit, le pont-levis s'abaissa et les soldats entrèrent un à un.

-	C'est sans doute ce qui reste de la garde rapprochée de Raoul, murmura Geoffroy. Ils ont dû se séparer en deux, les uns galopant à ta poursuite, les autres se rendant en ville au cas où tu chercherais à t'y replier.
-	Possible, répondit simplement Odilon.
-	Ils ne pouvaient prévoir notre guet-apens, conclut Geoffroy avec une pointe de fierté.
-	Ils ne vont pas tarder à s'en douter puisque les soldats de la ville rentrent seuls, rétorqua Odilon.

- Ils rentrent faire leur rapport à Garin ! conclut Geoffroy.
- Oui, et que peuvent-ils lui dire ? interrogea Odilon.
- Ils ne peuvent pas être au courant de ce qui s'est passé dans la forêt ! répondit Geoffroy sûr de lui.
- Non. Mais Garin aura tôt fait de faire le rapprochement lorsqu'il ne verra pas les autres revenir !
- S'il l'apprend, nous sommes perdus, admit Geoffroy. Et je crains le pire pour ta famille en otage à l'intérieur.
- Il me semble que je connais le sergent de tête dit Odilon qui suivait son idée. Je ne le jurerai pas, mais je crois reconnaître Giraud.
- Qui est-ce ?
- Un brave soldat très dévoué à mon père. Du moins l'était-il quand il était là !
- Toi, tu as une idée dans la tête ! lança Geoffroy qui avait vu les yeux d'Odilon briller l'espace d'une seconde
- Peut-être répondit laconiquement Odilon. De toute façon, c'est le moment d'agir, si je veux pouvoir profiter encore de l'effet de surprise.

Il se releva et les autres l'imitèrent.

- Je vais tâcher de m'avancer un peu plus près pour me rendre mieux compte.
- Tu n'y songes pas ! s'exclama Goeffroy.
- Oh que si ! répondit Odilon. Et je vous en prie Geoffroy ne vous avisez pas de tenter de m'arrêter, vous n'y parviendrez pas !

Geoffroy garda le silence.

- Vous autres, restez ici et attendez mon signal comme convenu, intima Odilon.

-       Sois prudent, chuchota Bertille à l'oreille de son frère en l'embrassant tendrement.

Odilon se mit à ramper sur le sol jusqu'à ce qu'il soit assez près du château pour pouvoir apercevoir les douves.

CHAPITRE LX

Odilon prend des risques

Odilon chercha du regard un endroit où se cacher, mais il n'en trouva pas. Le sol autour de lui état plat et lisse sans endroits où se mettre à l'abri.

Il se retourna : ses compagnons et sa sœur étaient assez loin et, de l'endroit où il se trouvait, il ne distinguait que de vagues formes accroupies indiscernables.

La nuit sans lune rendait l'obscurité encore plus opaque.

Odilon estima qu'il se trouvait assez loin des regards pour entreprendre sa transformation.
Tout doucement, en veillant à ne pas se faire remarquer, il sortit de sa bourse l'anneau que la sorcière lui avait donné.
En le passant à son doigt, il se rendit compte que c'était la troisième fois qu'il se servait de la formule magique et que, par conséquent, c'était la dernière fois que l'anneau pouvait lui être utile. Il ne fallait donc pas faire d'erreurs.

Il prononça, comme lors de sa première visite, les paroles magiques.

-       Auriculum annus invisibilis !

À la suite de quoi, tranquillisé et fort de ces précédentes expériences, il continua de ramper jusqu'au fossé.

De là où il se trouvait, Odilon ne pouvait voir la tête de Bertille et de Geoffroy qui l'avaient suivi des yeux s'éloigner en direction de douves et qui, maintenant, cherchaient désespérément son ombre du regard, se demandant, interloqués, où il avait bien pu passer !

Arrivé auprès des douves, Odilon aperçut un soldat qui se penchait au travers des mâchicoulis. Instinctivement, il enfouit sa tête dans ses bras.

- Idiot, se dit-il à lui-même. Tu fais l'autruche maintenant ! Tu crois que l'on ne te verra pas du moment que toi tu ne vois pas ?! De toute façon, tu es invisible, par conséquent personne ne peut te voir !

Il se redressa, soulagé, et poursuivit son chemin.

Il avait décidé d'emprunter, comme lors de sa dernière visite, la petite poterne qui lui permettrait d'entrer discrètement dans le château.

Mais, alors qu'il contournait le château pour se mettre à l'eau juste en face d'elle — cela afin d'avoir le moins possible à nager dans l'eau glacée, sa précédente expédition lui ayant laissé un souvenir glacial — il eut la désagréable surprise de voir que la poterne était ouverte et qu'un soldat, armé d'une pique prête à l'emploi, était posté en faction dans l'encadrement de la porte !

- Garin s'est donc méfié ! se dit-il.

Cela contrariait ses plans. S'il décidait néanmoins de passer par là, il lui faudrait passer sur le corps du garde qui se défendrait, crierait même peut-être, ce qui alerterait les autres gardes et mettrait en danger ses amis qui attendaient son signal.

Odilon ne se résolut donc pas à prendre un tel risque. Il ne pouvait cependant pas non plus faire demi-tour et envisager de rebrousser chemin — il avait usé pour la dernière fois de son invisibilité — ni tenter de regagner l'entrée du passage secret situé sur la lande : tout d'abord parce qu'il lui faudrait trop de temps pour s'y rendre, et la nuit serait depuis longtemps terminée qu'il n'aurait toujours pas atteint les limites du château, et ensuite parce qu'il avait bien pensé utiliser ce passage secret que sa sœur avait, elle-même, emprunté pour s'enfuir du château, et qui aboutissait directement au premier étage de la forteresse. Mais Odilon supposait que ce passage secret était impraticable puisque la sortie du souterrain donnait directement sur la lande et que celle-ci avait été occupée par le tournoi. Il était donc hautement probable que les corps amassés n'avaient pas encore tous été retirés et, de toute façon, il y avait trop de surveillance à cet endroit pour prendre le risque de se faire remarquer. Odilon n'aurait donc pas pu emprunter le souterrain sans être vu.

Or, Odilon avait une idée dans la tête qui le turlupinait : il voulait profiter de ce qu'il fut à l'intérieur du château pour délivrer sa mère et sa famille — qu'il pensait toujours enfermées dans leurs chambres — avant que la bande à Saurus n'engage l'assaut final.

Malheureusement, Odilon ne savait pas encore — ce qu'il n'allait pas tarder à apprendre — que les choses avaient bien changé à l'intérieur du château et que ni sa mère ni le restant de sa famille d'ailleurs, ne se trouvaient encore dans leurs chambres !

Renonçant à entrer dans le château par la poterne, il longea les douves jusqu'au pont-levis qui les enjambait. Là, il comptait bien trouver des chaînes qui lui permettraient de grimper et d'entrer à l'intérieur du château.

Arrivé sur place, il glissa prudemment dans l'eau glacée et fut une nouvelle fois surpris par la fraîcheur de l'eau.

- Décidément, je ne m'y ferai jamais, se dit-il en réfrénant un tremblement.

Mais l'eau fraîche le ravigota et acheva de le réveiller complètement. Il se mit à nager en direction du pont-levis.

Sans bruit, il avançait dans la grisaille et la brume formée par l'eau froide à la surface de l'eau. Il sursauta en entendant le coassement d'une grenouille qu'il avait dû déranger pendant son sommeil.

- Décidément, je ne m'habituerai jamais à ces grenouilles, se dit-il à lui-même.

Le croassement cessa, mais Odilon resta immobile quelques secondes, craignant d'avoir attiré l'attention, mais rien ne se produisit. C'était un peu comme s'il n'y avait aucun soldat de garde sur le chemin de ronde.

Le silence revenu, Odilon se remit à nager et eut tôt fait d'atteindre le pont-levis.

Celui-ci était remonté, mais la herse n'était pas baissée. Il saisit l'une des chaînes qui pendait dans l'eau et réunissant toutes ses forces, parvint à se hisser ainsi jusqu'à la plate-forme, mais à l'instant où il entreprenait de grimper le long de la chaîne, un garde hurla d'abaisser le pont-levis pour permettre à une patrouille de sortir. Le pont-levis se mit à bouger, Odilon fut déséquilibré et se retrouva en pestant dans l'eau glacée des douves.

-      Que se passe-t-il ? se demanda-t-il. Est-ce la même patrouille qui vient d'entrer qui ressort ? Ou bien en est-ce une autre ? Si c'est la même, je crains que Garin soit maintenant au courant de mon évasion. Il faut faire vite.

Il décida de profiter que le pont-levis fut abaissé pour entrer plus facilement dans le château. Mais à peine cherchait-il à y prendre pied, en s'aidant de ses mains et des genoux, que le pont-levis commençait à se relever.
Odilon s'agrippa, de toutes ses forces, à la chaîne qui le retenait, mais il risquait, s'il n'y prenait pas garde, d'être écrasé entre le mur et le pont-levis qui était, maintenant, presque fermé. Il vit arriver sur lui le mur de pierre de la muraille. Dans un suprême effort, au moment où le pont-levis allait claquer contre le mur, il prit son élan et s'éjecta de la chaîne, en se balançant et en s'élançant en direction de la cour intérieure du château. Une fois qu'il eut atteint le sol, il se rattrapa et ressentit une forte douleur à la cheville droite.

-      Il ne manquait plus que cela, se dit-il. Décidément, cela commence mal !

Il se massa la cheville quelques minutes puis tenta de se remettre sur pied. La douleur, violente au début, s'estompa quelque peu et Odilon en profita pour continuer son chemin.

CHAPITRE LXI

Garin est pris au piège

Quand Garin arriva à la salle de torture, Hermeline était allongée, tout habillée, sur la table de bois, Apremond et Isembard s'affairant autour d'elle, lui liant fermement les poignets et les chevilles avec de solides sangles.

Sans qu'il en comprenne la raison, Garin fut saisi par ce spectacle : Hermeline bien que dans une position peu avantageuse pour elle, n'avait rien perdu de sa dignité et de son élégance. Elle subissait, sans mot dire, et attendait le pire avec un calme et une détermination qui remplit Garin d'admiration.

Au fond de lui Garin n'en voulait pas à Hermeline, bien au contraire, elle était pour lui un peu comme une mère de substitution, sa mère étant trop tôt disparue. Ce n'est pas elle que Garin voulait voir ainsi torturer, mais Odilon ou son père.

- Que s'est-il passé ? se demanda-t-il. Comment ai-je pu en arriver là ? Où mon plan a-t-il raté ?

Garin ne comprenait pas. Les évènements de ces dernières heures s'étaient précipités, le laissant de plus en plus seul et de plus en plus dépourvu et pris au piège dans ce château qu'il venait à exécrer.

- J'ai sous-estimé la hardiesse d'Odilon et la débrouillardise de sa sœur se dit-il. Et je me retrouve avec Hermeline comme seule personne sur laquelle prendre ma revanche. Le destin me joue un sale tour !

Tout à ses pensées, Garin n'avait pas vu la tête d'Hermeline se tourner légèrement en sa direction.

- Alors Monsieur, vous venez ainsi vérifier la bonne exécution de vos instructions ?
- Hein... je... fis Garin surpris dans ses pensées.
- Rassurez-vous, Garin, tout se passe comme vous le souhaitiez et...
- Que savez-vous de ce que je souhaite Madame ! lança-t-il si violemment que Apremond et Isembard sursautèrent. Oh et puis...

Sans en dire plus, il quitta la salle de torture et tourna dans le couloir. Il tituba et de grosses gouttes de sueur perlèrent sur son front.

- Vous êtes un lâche, Garin ! Un lâche ! criait Hermeline. Vous ne supportez pas la vue du supplice que vous ordonnez. Vous ne voulez pas vous salir les mains ! Mais vos mains sont sales, Garin, salies par la laideur de vos actes...

Garin, la respiration haletante, s'éloignait en longeant le mur du couloir et la voie d'Hermeline s'estompa progressivement. Dans sa hâte, il ne prit pas le temps de décrocher la torche et avançait dans l'obscurité.
Il avait à peine atteint la fin du couloir qu'il entendit les premiers gémissements d'Hermeline qu'Apremond et Isembard avaient commencée à la torturer.

Il arrivait près de l'escalier lorsqu'il croisa un soldat qui venait à sa rencontre. Il se redressa pour faire bonne figure et croisa son regard.

-       Justement, je vous cherchais Messire, dit le soldat.
-       Et bien vous m'avez trouvé, répondit Garin.
-       Giraud et sa troupe viennent de rentrer et ils souhaitent vous voir.
-       Bon, et bien, je vous suis, fit Garin qui emboita le pas du soldat.

Une fois atteinte la salle des pas perdus où Giraud l'attendait, Garin reprit sa respiration et retrouva son calme.

-       Alors Giraud lança-t-il d'un ton blasé, je présume que vous rentrez bredouille une nouvelle fois !
-       En effet messire, et croyez bien que nous avons cherché Odilon partout.

Garin fit un geste de la main en signe de lassitude.

-       Mais il y a plus grave messire, continua Giraud.
-       Que peut-il y avoir de plus grave que la situation dans laquelle nous sommes actuellement ? demanda Garin.
-       Ernaud que nous avons croisé sur le chemin du retour nous a informés que des soulèvements commençaient à avoir lieu dans la ville. Robert serait rentré anonymement et des soldats, venant dont ne sais où, seraient en route pour la ville.
-       Oui, c'est grave en effet, fit Garin soudain aux aguets.
-       Il paraîtrait également, enchaîna Giraud, toujours d'après Ernaud, que le Père François ait quitté l'abbaye tôt ce soir, en compagnie d'un groupe de moines et qu'il ait pris la direction du château.

- Tiens donc ?
- J'attends vos ordres, messire.
- Mes ordres ? Est-ce que je sais moi... Je ne sais plus quoi faire dans cette affaire ni quelles décisions prendre !

Il réfléchit quelques minutes et demanda en fixant Giraud dans les yeux.

- Dites-moi Giraud, qu'en pensez-vous ? Donnez-moi votre avis : que feriez-vous à ma place ?
- Moi messire, fit Giraud surpris de ce soudain intérêt. Je pense que nous devrions aller faire un tour en ville pour voir ce qui s'y passe.
- Et bien faites c'est une bonne idée. Mais je ne veux pas que vous quittiez le château. Si les moines viennent vers nous, c'est qu'ils préparent quelque chose et j'ai besoin d'hommes de confiance près de moi.

Giraud ne répondit pas.

- Demandez à Aymeric de former une escouade et de partir, en éclaireur, vers la ville. Puis, menez des hommes sur le chemin de ronde. Prévenez-moi au premier mouvement suspect.
- Bien messire, fit Giraud en se retirant.

Alors que Giraud s'éloignait, Garin le rappela.

- J'y pense Giraud, postez un homme devant la poterne, elle est facile d'accès pour un garçon comme Odilon.
- Bien messire.
- Quant à moi, se dit Garin il me reste à accomplir une dernière tâche avant qu'il ne soit trop tard.

Et il quitta la salle.

CHAPITRE LXII

Une bien douloureuse découverte

Odilon se retrouva très vite non loin du donjon, mais fut surpris de n'entendre aucun bruit. Il s'approcha plus avant. C'est alors qu'il vit arriver sur lui une escouade de plusieurs dizaines d'hommes qui couraient en direction du chemin de ronde, armé de puissantes arquebuses, d'arcs et de flèches. Odilon n'eut que le temps de faire un écart sur le côté pour éviter cette mêlée d'hommes armés.

- Curieux, se dit Odilon. On dirait qu'ils craignent une attaque!

Sans se laisser troubler, il continua son chemin, entra dans le donjon et se retrouva au pied du grand escalier.

Prudemment, il gravit une à une les hautes marches jusqu'à l'étage des chambres où il pensait trouver sa mère comme lors de sa dernière visite. Une fois arrivé sur le palier, il constata, avec une certaine stupeur, qu'il n'y avait aucun soldat en faction.

- C'est étrange! se dit-il.

Il se dirigea jusqu'à la porte de la chambre de sa mère et, le cœur serré, il tourna la poignée. À sa grande surprise, la porte s'ouvrit sans difficulté. Il passa la tête à l'intérieur de la pièce, mais ne vit personne. Il inspecta la pièce voisine ou logeait Bertille : elle était vide également.

\-   Qu'est-ce que cela voulait dire ? Où pouvait bien être sa mère ? se demanda-t-il soudain inquiet. Qu'est-ce que Garin avait fait d'elles ?

Il inspecta, tour à tour, les autres chambres, mais il ne put que constater que tout l'étage était désert et que toutes les chambres, mais toutes étaient vides.

Il tenta de rassembler ses esprits.

\-   Que s'était-il passé depuis le tournoi ?

Il se rappelait avoir vu sa mère dans la tribune d'honneur accompagnée de cette magnifique jeune fille qu'il avait aperçue, furtivement, dans la cour de l'abbaye. Ensuite, il ne savait plus trop. Il avait pris la fuite précipitamment et n'avait pas fait vraiment attention aux personnes qui se tenaient dans la tribune.

Il était plausible pourtant que Garin cherche à se venger sur sa mère de son nouvel échec lors du tournoi. Que pouvait-il faire ? Odilon n'osait pas imaginer toutes les possibilités qui s'offraient à lui, mais il refusait encore de penser que Garin soit capable de faire du mal à celle qui lui avait sauvé la vie.

Chassant ses sombres pensées de son esprit, il décida de continuer son inspection. Il redescendit et entra dans la grande salle où il avait surpris, la conversation décisive entre Garin et Raoul.

Il se rappela, alors, que Garin avait emprisonné ce dernier, dans les cachots le plus humides et les plus sombres et ; soudain ; l'idée lui vint que peut-être sa mère et le reste de sa famille avait subi le même sort. Il était persuadé que s'il retrouvait sa mère, il retrouverait, dans le même temps, le reste de sa famille. Odilon tablait sur le fait que Garin n'avait pas encore eu le temps d'organiser sa revanche, mais qu'il avait, tout au plus, préparé sa vengeance et il était certain que ce serait ce qui perdrait Garin.

Odilon continua donc de descendre l'escalier jusqu'aux derniers cachots. L'humidité le saisit tout d'abord. L'atmosphère devenait difficilement respirable, une odeur fétide le faisait suffoquer. De longues traînées verdâtres coulaient le long des murs qui suintaient. Même le sol terreux était humide.

- J'ai déjà traversé un tunnel dans le noir au début de cette aventure. Je ne vais pas avoir peur d'un souterrain qui se trouve dans les sous-sols de mon propre château !

Odilon prit une torche accrochée au mur et s'engouffra dans la galerie qui lui faisait face. Il eut cependant un frisson en se rappelant son départ de l'abbaye par le passage secret.

- Au moins cette fois, se dit-il, je sais où je vais et j'ai une torche pour m'éclairer !

Au fur et à mesure de sa progression, il ouvrait un à un tous les sombres cachots et il se désolait de les trouver vides tout en se réjouissant de s'être peut-être trompé dans ses déductions.

Odilon n'aimait pas cet endroit. Il se rappelait, un jour de son enfance, être venu se cacher là pour que sa sœur ne le trouve pas. Par mégarde, il s'était enfermé dans un des cachots ! Il n'avait pas crié parce qu'il voulait gagner le jeu, mais sa sœur n'était jamais venue le chercher dans un endroit si reculé ! Alors, il s'était mis à crier de toutes ses forces, mais personne ne l'avait entendu. Il avait eu très peur et était resté ainsi enfermé, toute la journée jusqu'à ce que son père ne vienne le délivrer. Il avait alors essuyé une réprimande dont il se souvenait encore maintenant.

Tout à ses pensées, Odilon était arrivé devant l'avant-dernier cachot. Il regarda par la petite lucarne composée de barreaux. À l'intérieur, il faisait sombre : un filet de lumière perçait à travers une petite ouverture, aux minuscules grillages, située haut dans le mur. Dans un coin du cachot, Laudine et Nicolette étaient là, les poignets et les chevilles attachés avec des fers aux lourds murs de pierres.

Il fut si content de les voir qu'il ne put s'empêcher de les appeler.

-       Laudine ! Nicolette ! Vous êtes en vie ! Le ciel soit loué !
-       Qui est là ? demanda Laudine d'une voix tremblante.
-       C'est moi, Odilon, dit-il en oubliant qu'il était invisible.
-       Odilon ! s'exclamèrent en chœur les deux servantes. Mais où êtes-vous, on ne vous voit pas ?
-       C'est vrai, se dit Odilon en se pinçant les lèvres, je suis invisible... Euh... Il fait trop sombre pour que vous me voyiez mentit-il, mais je suis bien là n'ayez crainte. Où est Maman ? Où sont les autres ?
-       Aliénor et Adeline sont dans le dernier cachot, à côté répondit Nicolette.
-       Merci bien ne vous inquiétez pas je reviendrai vous chercher très vite.
-       Monsieur... Il faut que vous sachiez...

Mais Odilon était déjà parti, impatient qu'il était de revoir sa mère.

Arrivé devant le dernier cachot, il ne vit à l'intérieur qu'Aliénor et sa fille. Son cœur fit un bond lorsqu'il reconnut Adeline comme étant cette mystérieuse jeune fille qui lui faisait perdre ses moyens et quelque peu ses esprits ! Ainsi, sa sœur ne s'était pas trompée, c'était bien Adeline l'inconnue de l'abbaye ! Voilà pourquoi elle avait accompagné sa mère, Hermeline, au tournoi. Attachée, elle aussi, au mur avec des fers aux courtes chaînes, la tête reposant sur sa poitrine, la robe salie et les cheveux en broussailles retombant sur ses épaules, Adeline ne perdait rien de sa beauté !

Odilon se ressaisit, ce n'était pas le moment de s'attarder à ses divagations, il n'avait pas assez de temps pour cela. Puisque Adeline était avec sa mère durant le tournoi, elle devait savoir où elle était maintenant.

- Aliénor ! Adeline ! C'est moi, Odilon !

Les deux femmes sursautèrent et tournèrent la tête.

- Odilon ?!
- Oui. Je suis venu vous délivrer.
- Je savais que vous y arriveriez ! s'écria Adeline radieuse. Où êtes-vous ?
- Peu importe. Savez-vous où je peux trouver ma mère ? demanda Odilon sans se laisser troubler par les dernières paroles d'Adeline.
- Non malheureusement, nous ne le savons pas, répondit tristement Adeline. Lorsque l'on est rentré du tournoi, on m'a

ramenée ici, mais votre mère est restée avec Garin. Lui seul sait où elle se trouve maintenant !

-        Garin ! Toujours Garin ! s'exclama Odilon avec colère. Bon, je vais m'occuper de lui. Je ne peux pas ouvrir votre cachot. Savez-vous où se trouvent les clés ?

-        Non, admit Aliénor. Mais peut-être devriez-vous demander à Nicolette ou Laudine, elles le savent peut-être.

-        Chut ! intima Odilon J'entends du bruit.

Des bruits de pas se firent entendre en provenance de l'escalier suivi bientôt par des bruits de voix qui parvinrent jusqu'à ses oreilles : quelqu'un venait, il en était sûr.

Odilon se tapit dans l'ombre du coin opposé au cachot et attendit. Les voix se rapprochaient. Il se rendit compte qu'il avait toujours à la main la torche dont il s'était servi pour s'éclairer et que, du fait de son invisibilité, celle-ci flottait dans l'air sans fixation.

Il chercha du regard un support où la poser : il en vit un juste à côté de lui et y accrocha sa torche.

Les voix devenaient de plus en plus audibles et il put entendre la conversation qu'échangeaient entre eux trois gardes qui approchaient.

-        Ouais... tu as peut-être raison. N'empêche que je comprends pas l'acharnement de Garin sur cette famille. Que lui ont-ils fait ? Hein ? C'est t'y pas malheureux de voir des gens si gentils attachés dans c'cachot comme des parias ? disait l'un des soldats qui approchait.

-        Sûrement qu'il a ses raisons, répondit un autre.

-   N'empêche que si le Comte de Beaufort avait été là, tout cela ne se serait jamais passé.

-   Ah oui ! Et tu le connaissais bien toi le Comte !

-   Pour sûr ! Il m'a aidé plusieurs fois. C'est un brave homme. Qui sait où qu'il est maintenant ! Pt'ête bien qui reviendra jamais...

-   Ouis... pt-ête bien ! répéta l'autre.

-   C'est triste tout de même, dit le troisième garde.

-   Ouiais, c'est triste...

-   Et Odilon ? Queque c'est y qu'il est devenu ? Il est solide ce garçon. C'a m'étonne pas. L'était brave quand il était enfant !

-   Ah bah ! Ça alors, m'dit pas que tu le connais aussi le p'tit ? répartit le garde sceptique.

-   Si fait, et bien même, j'donnais des coups de main au château quand j'travaillais pas aux champs. Et j'me promenais souvent avec le petit et sa sœur, une belle fille sa sœur, pour sûr et espiègle avec ça plus encore que son frère.

-   À t'entendre c'étaient des gens charmants !

-   Ouais... charmant c'est le mot et y méritent pas ce qu'ils subissent maintenant !

-   Ah ouis et bien moi, j'suis pas d'accord avec toi. Les nobles y méritent ce qu'ils subissent. Y s'on l'argent et y nous arrachent le nôtre en nous assommant d'impôts. Y mérite que j'te dis !

-   Dis pas de bêtise ! Faut pas mettre tout le monde dans le même panier ! Tu crois qu' c'est mieux avec Garin ? Tu t'trouves plus heureux ? Y garde tout pour lui ! Tous les gens qu'on a pillés, on n'a pas vu la couleur de l'argent. L'a tout gardé pour lui ! Tant n'a donné à toi une part du butin à toi ?

-   Néni... c'est pourtant vrai !

-   Et tu trouves que c'est mieux avec Garin ! Bah moi, pour sûr que si le Comte revenait, je me remettrais à son service s'y veut bien de moi parce que l'Comte l'était juste et s'étions plus heureux que maintenant !

L'autre ne répondit pas. Le troisième regardait à l'intérieur des cachots pour vérifier que tout allait bien. Odilon instinctivement se mit à genoux pour se faire encore plus petit.

-       Ils doivent faire leur ronde, déduisit-il après avoir écouté leur conversation.

À mesure que les trois gardes approchaient, Odilon pouvait mieux discerner leur visage éclairé par la lueur de leur torche. Il se réjouit de reconnaître Bernier à la tête du groupe comme étant celui qui avait parlé si gentiment de son père. C'était un serviteur fidèle : il ne s'était donc pas trompé sur lui. Cela lui servirait peut-être plus tard, on ne sait jamais. Pour l'heure, il fallait qu'il retrouve sa mère.

Les gardes inspectèrent les cachots puis firent demi-tour, repartant d'où ils étaient venus.

Odilon attendit que les gardes se soient éloignés et retourna vers le cachot de Laudine et Nicolette.

-       Laudine ? Nicolette ? Savez-vous où se trouve ma mère ?
-       C'est ce que nous voulions vous dire tout à l'heure, Monsieur Odilon, mais vous êtes parti si vite… répondit Laudine. Votre Maman nous a sauvé la vie tout à l'heure vous savez Monsieur. Elle est brave.
-       Je n'en doute pas, répondit Odilon agacé. Mais où est-elle ?
-       Bah c'est à dire… Enfin…

- Au fait s'il vous plait ! ordonna poliment Odilon. Le temps presse !
- Garin l'a fait emmener à la salle de torture. Elle doit être torturée en ce moment même, répondit brutalement Nicolette.

Odilon ne put sortir un son. Ainsi, Garin avait mis son plan a exécution et les plus sombres pensées qu'Odilon voulait chasser tout à l'heure encore de son esprit se réalisaient elles !

- Comment Garin avait-il pu en arriver là ? se demanda-t-il. Fallait-il qu'il se sente pris au piège pour préférer torturer sa mère plutôt que de s'enfuir !

Sans prendre le temps de remercier les deux servantes, Odilon sortit du long tunnel noir et se dirigea vers le couloir qui lui faisait face où se trouvait la salle de torture. Enfin, du moins se le rappelait-il, car il n'avait jamais mis les pieds dans cet endroit sordide. Son père le lui ayant toujours interdit et ni Odilon, ni sa sœur bien qu'enfreignant parfois les interdits de leur père, n'avaient éprouvé l'envie de visiter ce couloir.

Aussi Odilon allait-il s'engager dans un endroit qui lui était inconnu.

CHAPITRE LXIII

Un spectacle déroutant

Odilon poursuivait son chemin. Il faisait sombre, mais la lueur de sa torche lui permettait de se guider.

Il eut tôt fait d'entendre des gémissements qui provenaient d'une pièce au fond à droite où il pouvait apercevoir une faible flamme vaciller. Il continua d'avancer, mais prit soin de poser sa torche allumée dès qu'il trouva un support.

Odilon se souvenait que cette cellule, que Garin appelait et utilisait comme une salle de torture, devait être celle que son grand-père, Adémar de Beaufort, avait transformée en hôpital pour y soigner les malades et les blessés lors des invasions.

- Voilà un curieux usage pour une pièce qui était destinée à sauver des vies ! se dit-il amèrement

À mesure qu'il approchait, les gémissements se faisaient plus perceptibles. À chaque soupir, Odilon avait l'impression de recevoir un coup de dague dans l'estomac.

Arrivé devant la porte, il eut peur de ce qu'il allait voir. Il ne se décidait pas à regarder. Puis, peu à peu, il avança dans l'encadrement de la porte.

La scène qui s'offrait à ses yeux le saisit : sa mère était allongée sur une grande table en bois. Elle était attachée solidement avec des chaînes aux chevilles, aux mains qu'elle maintenait au-dessus de sa tête. Des sangles lui maintenaient le corps fermement immobile. De chaque côté de la table, deux hommes s'affairaient : l'un deux maniait de longues tenailles dont il se servait pour dévêtir Hermeline en découpant sa robe, morceau par morceau, prenant soin de lui entrer les tenailles dans sa chair, lui enlevant ainsi, à chaque étape, un morceau de peau, ce qui la faisait gémir. À chaque coup de tenaille, sa mère, balançait la tête de chaque côté de ses épaules, de droite à gauche, mais restait digne, ne criait pas, un simple gémissement de douleur sortait de sa bouche. Pendant ce temps, l'autre bourreau remuait, à l'aide de gros gants, une grosse cuillère en bois dans un chaudron d'huile bouillante. Plus loin, un tisonnier dont le manche rougeoyait était posé dans un four pour être chauffé à blanc.

Odilon restait immobile. Il ne croyait pas ses yeux de ce qu'il voyait. L'un des bourreaux sortit le tisonnier rougeoyant du four et se dirigeait vers la table pour la poser sur le ventre d'Hermeline.

C'est alors qu'Odilon intervient : il ne pouvait en supporter davantage. Voir sa mère souffrir ainsi lui était insupportable. Sans songer à son invisibilité, investi d'une force surhumaine que lui avait donnée la vue de cette scène, il sortit son épée et sa dague de leur fourreau et fit irruption dans la cellule.

Il s'attaqua d'abord au bourreau qui se trouvait le plus près de lui et qui tenait les tenailles et, d'un coup sec et ferme, il lui trancha la tête. L'autre bourreau sursauta, surpris qu'il était de sentir le sang de son compagnon gicler sur sa tête. La cuillère en bois à la main, il regardait, éberlué, la tête de son compagnon qui tombait sur le sol. Dans un réflexe, il attrapa le tisonnier brûlant de son autre main, sortit la cuillère en bois du chaudron d'huile bouillante et ainsi armé, il balança ses deux armes de droite à gauche au-dessus de la table où se trouvait Hermeline à moitié dévêtue, balayant l'air en criant « Qui va là ! ».

Ce faisant, il aspergea Hermeline et de grosses goûtes d'huile bouillante tombèrent sur son corps, lui occasionnant une douleur si fulgurante qu'elle poussa un petit cri et ferma les yeux en se mordant les lèvres.

Entendant son cri, Odilon sauta sur la table de torture, prenant soin de ne pas toucher le corps de sa mère et d'éviter les armes du bourreau, puis il lui planta sa dague dans son cou.

Le bourreau hurla, la douleur le fit reculer, il porta ses mains à son cou et, sans comprendre, les yeux hagards s'écroula, mort, quelques pas plus loin.

Hermeline se souleva légèrement sans dire un mot, elle chercha du regard le corps des deux bourreaux.

Odilon sauta de la table.

- Il y a quelqu'un ? demanda Hermeline d'une voix tremblante.
- Oui, moi Maman, répondit simplement Odilon en s'approchant de sa mère.
- Toi, mon chéri ! Mais où es-tu ? Je ne te vois pas !
- Oh… je t'expliquerai, hésita Odilon qui avait, pendant une seconde oubliée qu'il était invisible. Ne cherche pas à comprendre, je n'ai pas le temps de t'expliquer.

Hermeline n'insista pas. Elle se sentait trop faible pour résister.

-       Comment te sens-tu maman ? s'enquit Odilon
-       Mieux que je ne l'imaginais mon chéri. Tu es arrivé au bon moment, je ne sais pas combien de temps j'aurais tenu.
-       Tu es très courageuse Maman, Papa sera fier de toi, dit Odilon en détachant les fers et les sangles.
-       J'aimerais tant qu'il soit auprès de nous en ce moment.
-       Moi aussi, admit Odilon en aidant sa mère à se remettre debout. Mais nous n'avons pas le temps de parler maintenant. Pour le moment, il faut sortir d'ici au plus vite avant que d'autres gardes ne viennent.
-       Sortir d'ici ? Mais comment ?
-       Pour l'instant, je compte tous vous regrouper dans un cachot. Ensuite...
-       Je ne peux pas sortir ainsi, à moitié dévêtue, mon chéri, coupa Hermeline. Regarde comme je suis en haillons.
-       Mais Maman, est-ce bien le moment de penser à cela ?
-       C'est toujours le moment mon ange sourit-elle en cherchant le regard de son fils qu'elle ne voyait pas.
-       Bon, comme tu voudras, mais tes haillons ne t'empêchent pas de retourner avec les autres dans le cachot ?
-       Non, je me ferai une raison.
-       Bien. Il faut que je trouve les clés des cachots.
-       Regarde dans le coin, là, derrière la porte dit Hermeline en montrant l'endroit du doigt. Je les ai vus poser l'anneau qui contenait les clés quand ils m'ont amenée ici.

Odilon décrocha le trousseau en espérant que les clés qu'il contenait ouvraient bien les serrures des cachots. Il revint chercher sa mère, mit le bras droit de sa mère autour de son cou, passa son bras autour de sa taille et sortit de la salle de torture en direction des cachots.

Alors qu'ils s'engageaient dans le tunnel noir qui menait au cachot, Hermeline demanda à Odilon s'il avait des nouvelles de Bertille.

- Elle va très bien Maman. Tu sais, elle m'épate ma sœur, elle est parvenue à me rejoindre dans ma cachette de la forêt au mépris du danger et elle a même trouvé le moyen de me sauver la vie récemment.
- Te sauver la vie ! s'enquit Hermeline. Oh !
- Oui... Enfin, je te raconterai.
- Que comptes-tu faire maintenant ?
- Je ne suis pas venu seul, tu sais. Il y a beaucoup de gens qui attendent mon signal dehors pour intervenir.
- Que me dis-tu là mon chéri ? Nous avons donc encore des partisans ?
- Plus que tu ne le penses Maman.

Ils étaient arrivés devant le cachot de Laudine et de Nicolette. Hermeline prit les clés des mains de son fils.

- Ne perds pas de temps, avec ça, dit-elle soudain ragaillardit. Occupe-toi de rejoindre tes amis, je m'occupe de délivrer les autres.
- Comme tu veux Maman. Tu penses en avoir la force.
- Ne t'en fais pas, répondit malicieusement Hermeline.
- Soit très prudente.
- Va, ajouta-t-elle en faisant un signe de la main.

Odilon s'éloigna. Il lui fallait maintenant atteindre le pont-levis pour donner le signal à ses amis. Et il avait le sentiment que sa mère avait une idée derrière la tête.

Chapitre LXIV

Une aide inattendue

Pendant ce temps, à l'air libre, la bande à Saurus attendait, patiemment, le signal d'Odilon. Bertille faisait les cent pas en tournant en rond, formant dans le sol une trace si profonde que l'on pouvait suivre, à l'œil nu, le cercle de ses pas.

- Arrêtez de tourner ainsi ! s'énerva Geoffroy. Vous allez me donner le tourni à la fin.
- Mais que fait-il ? dit Bertille en s'arrêtant. Cela fait bien une heure qu'il est entré dans ce château et nous n'avons toujours pas de nouvelles !
- Mais il ne va pas tarder, vous allez voir, lui répondit Geoffroy pour la réconforter, mais aussi inquiet lui-même.
- Cela fait dix fois que vous me dîtes la même chose ! cria Bertille.
- Et bien cela fera onze ! renchérit Geoffroy.
- Pouf ! fit Bertille en réponse.
- Chut ! murmura soudain Geoffroy. On vient.

Il fit signe aux autres de faire silence. Tous se turent et se tapirent dans l'ombre. Ils ne tardèrent pas à entendre un bruit crissant de roue et à voir apparaître un groupe de moines, marchant à côté d'une charrette tirée par une vache.

Au moment où ils passèrent devant Geoffroy, celui-ci fit irruption devant eux accompagné d'Enguerand et Adalbert.

-      Qui va là ? dit Geoffroy d'une voie forte retrouvant l'espace d'un instant son rôle de Saurus, le brigand de la forêt.

-      Un petit groupe de moines, répondit poliment l'un des moines.

-      Que faites-vous là à cette heure tardive ? demanda Geoffroy au moine qui venait de parler.

-      Les moines n'ont pas d'heure répartie le moine. Nous venons faire des offrandes au château pour remercier ses hôtes des aumônes qu'ils nous donnent.

-      Hum... Et vous comptez trouver des gens éveillés à cette heure ?

-      Nous verrons bien. Nous avons prévenu de notre arrivée.

Geoffroy regarda la charrette.

-      Qu'y a-t-il là-dedans ? demanda-t-il en faisant signe à Adalbert d'aller fouiller le contenu.

-      Les offrandes dont nous venons de vous parler, dit un moine qui s'avança devant le groupe pour prendre la parole.

Enguerand toisa le moine, puis lança brutalement.

-      On se connaît, non ?

-      On... Je ne crois pas répondit le moine soudain troublé.

-      Si si on se connaît insista Enguerand. Mais ou vous ai-je vu ?

Le moine ne répondit pas, mais il replaça sa capuche afin de cacher encore plus son visage.

-      On peut voir ? demanda Adalbert en se penchant sur la charrette.

Ni Geoffroy ni Enguerand trop occupés à regarder le moine n'avait prêté attention aux gestes des moines qui se trouvaient les plus près d'Adalbert et qui avaient porté leurs mains à l'intérieur de leur habit pour en sortir un outil brillant et tranchant.

C'est alors qu'un vieux moine s'avança en tête du groupe.

-       Voyons messieurs, ne nous énervons pas. Nous avons eu la courtoisie de vous dire qui nous étions et ce que nous faisions ici. Mais vous de votre côté, ne nous avez rien dit de votre présence ici à cette heure tardive de la nuit ? demanda-t-il avec courtoisie
-       Nous ? répondit Geoffroy surpris.

Il fit signe à ses compagnons qui sortirent de l'ombre et encerclèrent la charrette et les moines.

-       Nous ? répéta-t-il. Nous surveillons le château.
-       Ah ! Très bien, répondit le vieux moine nullement troublé.

Il observa calmement Geoffroy.

-       Nous nous connaissons, il me semble.
-       Peut-être, fit simplement Geoffroy.
-       Décidément tout le monde se connaît, c'est magnifique ! dit Bertille en se mêlant au groupe.
-       Bertille ! s'exclama le vieux moine.
-       Père François ?! Mais que faites-vous là, à cette heure ?
-       Et toi mon enfant ? répartit l'Abbé. Ta mère sait-elle que tu rôdes autour du château avec... ces inconnus ?

-       Ce ne sont pas des inconnus mon père. Je vous présente Geoffroy, le père de Nicolette et de Laudine et ses compagnons plus communément connus sous le nom de brigands de la forêt.
-       La bande de Saurus ? s'exclama le Père François. C'était donc vous ?
-       Et oui mon Père, répondit Geoffroy fièrement.
-       Ainsi, vous êtes bien vivant ! Comme je suis heureux de vous revoir. Il me semblait bien que votre visage me disait quelque chose.
-       C'a y'est ! Je me rappelle où je vous ai vu ! lança brutalement Enguerand qui n'avait pas quitté du regard le moine qui l'avait abordé. C'est au village, quand nous allions en reconnaissance avec Adalberd. Vous n'aviez pas de bure alors. C'est pourquoi je ne vous ai pas reconnu tout de suite.
-       À mon tour de vous présenter Robert, le maréchal-ferrant, ancien prévôt de la ville, interrompit le Père Abbé.
-       Robert ? répéta Bertille. C'est vous qui avez aidé mon frère à sortir de la ville.
-       Votre frère ? interrogea Robert étonné.
-       Oui, mon frère, Odilon.
-       Vous êtes la sœur d'Odilon ? s'exclama-t-il. Je suis ravi de faire votre connaissance.
-       Et c'est vous qui étiez avec vos cochons au tournoi ? continua Enguerand en désignant du doigt un autre moine plus à l'écart.
-       Frère Pinabel. Approchez que je vous présente, dit le père Abbé.

Le moine s'approcha timidement et fit, à tous, un signe de tête.
-       Mais que faîtes-vous tous là ? demanda Geoffroy
-       Nous tentons d'aider Odilon et sa famille comme nous le pouvons dit Robert. Le père Abbé a bien voulu se joindre à moi pour m'aider dans cette lourde tâche. Et quelques habitants de

la ville ont accepté de nous accompagner. Nous avions décidé d'entrer dans le château et sauver Hermeline et sa famille en la faisant ressortir camoufler dans cette charrette.

- Et vous croyez que l'on va vous laisser entrer et ressortir sans vous fouiller ?

- Je ne sais pas, mais il fallait tenter quelque chose, non ? Et à ce que je vois, nous ne sommes pas les seuls à avoir eu cette idée ?

- Non en effet, répondit Geoffroy. Nous comptons investir le château. Nous attendons le signal d'Odilon.

- Odilon ? s'enquit le Père Abbé. Ne me dites pas qu'Odilon est entré à l'intérieur... tout seul !?!

- Si fait mon Père. Il la fait, confirma Bertille.

- Il doit descendre le pont-levis pour nous permettre d'entrer dans le château, conclut Geoffroy.

- Mais, c'est fort risqué ! fit remarquer le Père Abbé.

- Risqué ? Pour ç'a oui, ç'a l'est admit Geoffroy. Mais il fallait tenter le tout pour le tout. Êtes-vous au courant de ce qui se passe à l'intérieur du château en ce moment ?

- Non admit le Père Abbé. Je me suis fait tant de souci pour cet enfant. Il est sous ma responsabilité, le savez-vous ? S'il lui arrive quelque chose, je m'en voudrai toute ma vie.

- Ne vous inquiétez pas, répartit Bertille. Il ne lui arrivera rien.

Le Père François posa sur Bertille un regard empreint d'une grande tendresse. Il lui sourit.

- Puissiez-vous dire vrai ma chère petite.

Geoffroy entreprit de raconter aux moines ce qu'il savait de ce qui se passait dans le château et les dernières tentatives infructueuses de Garin pour décimer la famille.

\- Il nous faut arrêter ce massacre alors qu'il en est encore temps, comprenez-vous ? termina-t-il.

\- Oui, oui... bien sûr, je comprends très bien et vous avez bien fait. Mais alors comment comptez-vous vous y prendre.

Geoffroy expliqua au Père François et à ses moines le plan qu'ils avaient mis au point avec Odilon.

\- Cela est très astucieux en effet. Mais dites-moi, quel rôle pourrions-nous jouer dans votre stratagème ? demanda le Père Abbé.

\- Quel rôle ? Mais aucun à part celui de retourner dans votre abbaye et d'attendre que les choses se passent tranquillement, répondit fermement Geoffroy.

\- Mon enfant, répartit calmement le Père Abbé, nous avons fait une longue route pour arriver jusqu'ici et il n'est pas du tout question pour nous de rebrousser chemin sans vous avoir prêté main forte, à vous, et à Odilon.

\- Mais enfin, soyons sérieux, Père Abbé, ironisa Geoffroy, que peuvent les quelques moines qui sont avec vous devant des soldats armés jusqu'aux dents ?

\- Autant que vous, sinon plus mon enfant, répliqua le Père Abbé d'un ton sec. Et puis vous oubliez que nous ne sommes pas que des moines. Il y a là plus de la moitié de fiers villageois qui se sont joints à nous pour combattre les lupus. Les autres moines sont restés à l'abbaye et ne savent rien de notre départ.

\- En êtes-vous sur ?

\- Bien sûr que j'en suis sûr ! Que croyez-vous que je ne me suis pas méfié !

\- Peut-être pas assez, mon père dit Geoffroy.

\- Que voulez-vous dire ?

\- Il y a un traite parmi vous. J'en suis sûr.

-        Oui, cela je l'admets, reconnu le Père François, mais je sais de qui il s'agit.

Devant le regard interrogateur de Geoffroy, l'Abbé lui expliqua ses soupçons envers un de ses moines, le Frère Aubin, et comment il avait réussi à le démasquer. Il leur raconta également la traîtrise d'un de ses complices qui tenaient informé Garin par l'intermédiaire de ses âmes damnées : Raoul et Giraud.

-        Cependant, termina-t-il, lorsque j'ai interrogé Frère Aubin pour qu'il me donne le nom de son complice, il a toujours nié avoir eu un complice, mais je ne l'ai jamais cru. Après plusieurs jours au pain sec et à l'eau, il m'a enfin donné le nom de ce complice bien mystérieux.

-        Et de qui s'agit-il ? demanda Geoffroy.

-        D'Ernaud, le charpentier dit Robert.

-        Ernaud... Ernaud... cela me dit quelque chose. J'ai connu un Ernaud...

-        Et si ce Ernaud vous avait surveillé interrompit Bertille. S'il était au courant de votre présence ici. S'il avait eu le temps d'en informer Garin. Si...

-        Ce ne sont que des suppositions sans fondement, trancha le Père François.

-        Alors comment expliquez-vous que nous ayons assisté au retour d'un groupe de soldats dans le château, suivi tout de suite après par le départ d'une autre troupe en direction de la ville ? demanda Geoffroy.

-        Que me dites-vous là ? dit interloqué le Père Abbé

-        Ce dont nous avons été témoins, trancha Geoffroy. Et ce que vous venez de m'expliquer éclaire d'un nouveau jour ce que j'ai vu.

\-   Dites le fond de votre pensée, demanda Bertille soudain inquiète.

\-   J'espère me tromper, mais je trouve curieux que ces soldats soient repartis en direction de la ville alors que Garin sait qu'il a besoin de renfort à l'intérieur du château en cas d'assaut. Si, comme je le crois, ces soldats ont eu vent de la décision du Père François et de certains villageois de se rebeller contre l'autorité de Garin, cela expliquerait pourquoi ils sont repartis aussitôt en direction de la ville...

\-   Mais alors ils vont tout saccager ! fit remarquer Bertille.

\-   Oui et même peut-être pire, admit Robert.

\-   Alors que pouvons-nous faire ? interrogea Bertille.

\-   Pour le moment je ne sais pas répondit Geoffroy.

\-   Il faudrait que certains d'entre nous repartent vers la ville et d'autres vers l'abbaye, proposa Adalbérand .

\-   Non, nous ne pouvons pas nous séparer maintenant. Nous sommes déjà bien peu nombreux pour investir un château.
- De toute façon, les villageois doivent attendre que nous ayons pris d'assaut le Château pour se révolter.

Ils restèrent silencieux quelques instants, puis le Père François reprit.

\-   Il y aurait bien une autre solution, tenta le Père Abbé. Mais je ne sais pas si mes renseignements sont fiables...

\-   Parler mon père. De quoi s'agit-il ?

\-   Frère Otinel m'a dit qu'un des voyageurs qui séjourne en ce moment dans l'hôtellerie de l'abbaye avait croisé sur sa route des soldats qui revenaient de campagne.

\-   Papa ? s'exclama Bertille.

\-   Oui j'y ai pensé mon enfant. Mais je ne sais plus à qui me fier et je ne sais si ces renseignements sont fiables et si Frère Otinel n'est pas un traite ! Je n'ai pas eu le temps de vérifier. Les choses se sont précipitées depuis le tournoi et l'arrivée de Robert...

- Il nous faut tenter notre chance, dit Geoffroy. Si le Comte est en route pour revenir avec ces hommes et que ce voyageur l'a vu, il ne peut pas être loin maintenant de la ville. Il faut aller à leur rencontre et les ramener. Eux seuls peuvent nous aider à sauver les habitants. Et nous peut-être, ajouta-t-il, si les choses tournaient mal au château. Qu'en pensez-vous ?

- Je pense que vous avez raison, répondit Robert. Nous n'avons pas vraiment le choix. D'autant plus que le temps que l'on assiège le château, tous les habitants de la ville se seront fait tuer ou auront été brûlés vifs.

- Il nous faut donc désigner lesquels d'entre nous iront à la rencontre de Hugues de Beaufort, dit le Père Abbé.

- Moi je crois être le plus qualifié, dit Robert. Je connais sire Hugues et je monte très bien à cheval.

- Très bien. Allez-y décida Geoffroy. Mais il vous faut quelqu'un pour vous accompagner ?

- Oui et qui proposez-vous ? demanda Robert.

- Bertille. Qu'en dites-vous ?

- Quoi ? Mais il n'en est pas question, répartit Bertille en colère. Je veux être à vos côtés pour aider mon frère.

- Et risquer de vous faire tuer ? Non mon enfant intervient le Père Abbé. Geoffroy a raison. Il vous faut accompagner Robert.

- Jamais ! Vous m'entendez, jamais. Je ne laisserai pas mon frère seul aux griffes de Garin. J'ai pris assez de risques comme cela ces derniers temps. Et d'ailleurs, les routes ne sont pas plus sûres que les abords de ce château.

- Bon ! trancha le Père Abbé qui ne voulait pas insister. Alors, Frère Aubin, allez-y. Vous êtes bon cavalier et vous serez plus utile à Robert qu'à nous ici.

- Si... Si... vous voulez mon Père, répondit timidement frère Aubin.

\- Bien. Les choses sont dites, termina Geoffroy. Allez Robert et que la chance soit avec vous.

\- Merci à tous. Je ramènerai le comte Hugues, si Comte il y a. Je vous le promets.

Bertille alla chercher Victoire qui attendait non loin de là. Robert et frère Aubin enfourchèrent le destrier et partirent au galop.

\- Regardez! hurla Adalberand. Le pont-levis vient de s'abaisser.

\- Cette fois c'est à nous de jouer, lança Geoffroy

\- Oui, mais laissez-nous un peu d'avance, dit le Père Abbé

\- Quoi? Que comptez-vous faire encore? demanda Geoffroy.

\- J'ai une idée. Laissez-nous entrer dans le château. Une fois que nous serons à l'intérieur, lancez votre attaque.

\- Je viens avec vous! s'écria Bertille qui se mêla au groupe.

\- Mais je ne peux pas vous laisser prendre un tel risque! Je...

Geoffroy n'eut pas le temps de continuer sa phrase. Le Père Abbé l'avait gentiment écarté de sa route et accompagné de ses moines et de Bertille, il se dirigeait en direction du château.

Chapitre LXV

Où les moines tentent une diversion

Après avoir quitté sa mère, Odilon s'était rendu jusqu'à la grande salle des pas perdus. Il lui fallait, à tout prix, rejoindre le pont-levis pour donner le signal à Geoffroy.

Dans la grande salle, des soldats s'entretenaient entre eux. Odilon continua jusqu'à la cour centrale : là il fut surpris par le silence qui y régnait.

Des soldats s'étaient regroupés tout autour de la cour centrale qu'ils avaient ainsi encerclée de façon à la cerner. Il vit également d'autres soldats en poste sur le chemin de ronde. Il cherchait du regard Garin, mais il ne vit nulle trace de lui dans les parages. Il continua jusqu'au pont-levis, il bénéficiait de son invisibilité qui lui permettait de traverser la cour en passant inaperçu.

Arrivé au pont-levis, il s'était aperçu que celui-ci était bien gardé : des soldats formant un bouclier, armes au poing, faisaient le guet devant le pont levé, herse baissée. En catimini, il s'était approché d'eux. Rassemblant tout son courage, il les avait transpercés, l'un après l'autre, de sa dague. Un à un, les hommes tombaient à terre sans comprendre ce qui leur arrivait et sans qu'aucun d'eux n'ait le temps de réagir. Puis, avant que d'autres soldats ne s'aperçoivent de ce qui se passait, il avait abaissé le pont-levis, levé la herse et ouvert le guichet pour suivre de plus près les évènements.

Quelle ne fut pas sa surprise lorsqu'il vit s'avancer au mépris de tout danger, une charrette entourée de moines !

- Que faisaient ces moines au milieu d'une bataille qui allait se déclencher d'une minute à l'autre ? se demanda Odilon. Comment avaient-ils fait pour passer à travers les lignes de Geoffroy ?

L'espace d'un instant, Odilon voulut courir au-devant eux pour les prévenir et leur conseiller de se mettre à couvert, mais que pouvait un homme invisible ? Il voulut redevenir visible, mais il se ressaisit pensant à tout ce qui lui restait à accomplir grâce à son invisibilité.

Il fut interrompu dans ses pensées par des cris poussés par des gardes qui sortaient de la grande salle.

- Le pont-levis est abaissé ! Le pont-levis est abaissé ! criaient-ils si fort que tous les soldats en faction se penchèrent du haut du parapet pour voir ce qui se passait.
- Et bien remontez-le, imbécile ! hurla l'un des soldats. Qu'est-ce que vous attendez ?!?

Certains gardes se précipitèrent alors vers le pont-levis, mais l'hésitation qui avait régné quelques instants avait permis aux moines d'arriver jusqu'au pont-levis qu'ils franchissaient déjà sans encombre.
Odilon reconnut parmi les moines, le Père Abbé et il sursauta en voyant sa sœur allongée dans la charrette.

- Bertille ! s'exclama-t-il tout bas.

Les gardes s'étaient reculées pour permettre à la charrette d'entrer. Celle-ci fit halte au beau milieu de la première enceinte.

- Halte là ! fit un garde sortant de sa surprise. Qui va là ?
- De simples moines mon enfant, répondit le Père Abbé.
- Que venez-vous faire ici ? demanda le garde.
- Nous venons offrir des cadeaux aux généreux donateurs de votre château. Nous avons trouvé sur notre route une jeune fille qui nous a dit se prénommer Bertille et être la fille du comte de Beaufort. Comme elle semblait bien mal en point, nous avons pensé qu'il serait mieux de la ramener à sa famille mentit le Père Abbé.
- Hum... fit simplement le garde qui ne savait que faire.
- Qu'est-ce qui se passe ici ? hurla alors une voix qu'Odilon connaissait et qui provenait du chemin de ronde.
- Des moines Messire, répondit le soldat. Ils viennent vous offrir des cadeaux...
- Renvoyez-les ! Vous voyez bien que ce n'est pas le moment ! hurla Garin.
- Mais Messire, insista le soldat, ils ont retrouvé Bertille !
- Quoi ?! s'exclama Garin. Bien je descends.

Profitant de ce que les gardes avaient repris leur faction le long du chemin de ronde et que les autres soldats qui entouraient la charrette baissaient leur garde, les quelques habitants de la ville déguisés en faux moines qui accompagnaient l'Abbé sortirent ensemble leur épée ou leur dague et transpercèrent les soldats qui leur faisaient face.

Voyant cela, les autres gardes qui encerclaient l'enceinte s'avancèrent pour porter secours à leurs compagnons. C'est alors qu'Odilon vint leur prêter main forte en faisant, à certain d'entre eux des croche-pieds qui les faisaient s'empaler eux-mêmes en tombant dans les lames des villageois, d'autres se faisaient assommer par Bertille et le frère Pinabel qui, à l'aide d'un gourdin et grimpé sur la charrette, tapait sur tout ce qui bougeait. De son côté, l'Abbé protégeait, comme il le pouvait la vache qui tirait la charrette et Bertille et le frère Pinabel protégeaient l'Abbé des agressions des gardes. La scène aurait été plutôt cocasse si elle n'avait été aussi dramatique.

Pendant ce temps, Garin, qui était descendu du parapet comprit très vite ce qui se passait en reconnaissant Bertille et en voyant les corps des soldats qui s'amoncelaient autour de la charrette. Il donna ordre aux soldats de tuer les intrus et, prenant soin de ne pas participer lui-même au combat, il prit trois gardes avec lui et se précipita à l'intérieur du château.

Odilon qui avait suivi la scène du regard se précipita derrière Garin, tandis que Bertille fit signe au Père François et au frère Pinabel de venir avec elle.

Tout ce petit groupe, Odilon en tête, mais toujours invisible s'engouffra, à la suite de Garin et des soldats, dans l'escalier qui menait aux cachots où Hermeline et sa famille étaient toujours détenues.

Le petit groupe de tête composé de Garin et des trois soldats avait une longueur d'avance sur les autres poursuivants ce qui leur permit d'atteindre le tunnel qui menait au cachot quelques secondes avant qu'Odilon n'atteigne lui-même le bas de l'escalier.

Le premier soldat avait déjà dépassé les premiers cachots lorsque, sans pouvoir réagir, il trébucha en se prenant les pieds dans un fil tendu le long du trajet, entraînant à sa suite ses deux compagnons qui se retrouvèrent tous affalés, ventre à terre dans la boue du sol.

Lorsque Odilon arriva, il constata avec un certain plaisir que les trois hommes étaient, non seulement tombé par terre, mais avait été assommés par de grosses marmites remplies d'eau qui leur étaient tombées dessus !

Le spectacle était réjouissant. Mais il manquait Garin !

Il leva les yeux et vit avec plaisir au fond du tunnel, sa mère, Aliénor, Adeline et les deux servantes qui tenaient une torche à la main, se congratuler pour la réussite de leur plan.

Quand Bertille, le frère Pinabel et l'Abbé — qui soulevait les pans de sa robe pour ne pas se prendre les pieds dedans — arrivèrent à leur tour, ils applaudirent à deux mains devant le spectacle qui s'offraient devant leurs yeux.

Bertille, en apercevant sa mère au bout du couloir enjamba les corps et se précipita dans ses bras.

- Ma chérie ! s'exclama Hermeline en l'embrassant tendrement.
- Maman ! Je suis si contente que tu ailles bien.
- Oui ma chérie et toi aussi tu as l'air d'aller bien.
- Oui tout va bien Maman.

Odilon, attendri par la scène et qui aurait bien voulu se joindre à elles, mais qui aurait eu bien du mal à expliquer son invisibilité, préféra s'éclipser pour repartir à la recherche de Garin.

Chapitre LXVI

L'assaut

De retour sur la première enceinte, Odilon constata que la bataille faisait rage à l'intérieur et aux abords du château.

La bande à Geoffroy s'était lancée, comme prévu, sur le terrain découvert dès que la charrette des moines était entrée dans le château.

Les archers décochaient des pluies de flèches qui volaient dans les airs avant d'atteindre leur but final. Les frondeurs lançaient des pierres qui tombaient en rafales sur les soldats qui se tenaient sur le chemin de ronde. Le pont-levis brûlait, se consumant sous les flèches enflammées qui le piquaient à plusieurs endroits.

-       S'il n'y a plus de pont-levis se dit Odilon, les échelles de Geoffroy serviront au moins à quelque chose...

Les compagnons de Geoffroy semblaient avoir eu la même idée que lui : ils s'avançaient en direction du pont-levis portant les lourdes échelles à bout de bras, protégés par de hauts boucliers incurvés aux sommets anguleux et couverts par les archers et les frondeurs

Odilon tenta de s'approcher du pont-levis, mais dans la cour l'anarchie régnait et il était bien difficile de distinguer les soldats des brigands. Les duels qui les opposaient l'empêchaient de s'approcher de ce qui restait du pont-levis. Il y parvint non sans mal en rasant les murs.

- Passez aussi par la poterne ! cria-t-il à l'attention d'Enguerrand qui plaçait son échelle de manière à remplacer le pont-levis. Il y a moins de gardes par là !
- D'accord répondit Enguerrand qui chercha du regard Odilon sans le trouver

Odilon grimpa jusqu'au chemin de ronde enjambant les corps des soldats tombés sous le feu des projectiles. Il fut stupéfait par le spectacle qui s'offrait à ses yeux : tous les soldats étaient bien préparés pour riposter à l'attaque. Ils avaient placé le long des créneaux leurs boucliers qu'ils avaient attachés aux merlons. Derrière cet écran protecteur, les archers pouvaient ainsi se tenir debout et tirer des volées de flèches sur les assaillants.

- Ainsi se dit Odilon, Garin s'était-il donc méfié. C'était sans doute la raison de sa présence sur le chemin de ronde quelque temps auparavant.

Ainsi protégé, les soldats présents sur le parapet ne risquaient pas grand chose. Depuis le faîte du parapet, les soldats jetaient sur les assaillants des pierres et des brandons allumés et jusqu'à des objets divers, apportés de l'intérieur du château et regroupés sur le parapet pour l'occasion. Les torches enflammées visaient particulièrement les boucliers inflammables qui protégeaient les archers.

Odilon comprit très vitre qu'un massacre allait avoir lieu s'il n'intervenait pas pour freiner la bataille. Il chercha du regard

Giraud, mais ne le trouva pas. Il évita de justesse une flèche en se penchant pour regarder dans la cour.

C'est alors qu'il aperçut Giraud sur le perron qui bloquait le passage à Garin. Ce dernier tenait à la main sa dague et l'agitait avec frénésie en battant l'air.

- Vous avez promis de m'obéir jusqu'au bout! vociféra Garin.
- Mais où allez-vous Garin? demanda Giraud.
- Où je vais cela ne vous regarde pas! trancha Garin.
- Si cela me regarde. Vous avez lancé la bataille et pendant que nous allons tous nous faire tuer, vous prenez la poudre d'escampette?!
- Écartez-vous! Écartez-vous! Laissez-moi passer! dit Garin en tentant de se frayer un chemin en passant sur le côté de Giraud.
- Jamais! fit celui-ci en lui bloquant le passage. Il faudra me passer sur le corps si vous voulez quitter ce château!
- Oh mais qu'à cela ne tienne! fit Garin en cherchant à planter sa dague dans le corps de Giraud.

Mais Giraud était plus leste, il fit un mouvement de côté pour éviter le coup et sortit son épée de son fourreau. Garin fit de même.

Ils commencèrent à se battre en duel : Garin était hors de lui, mué par une haine qui le défigurait. Il se sentait poussé dans ses retranchements, livré à lui-même, contraint à ne plus rien négliger.

Mais Giraud se battait bien, et semblait prendre le dessus sur Garin qui semblait gêné par le lourd manteau qu'il portait.

Voyant qu'il perdait le souffle et que la victoire lui échappait, Garin appela à son secours des gardes qui, non loin de lui, venaient de se débarrasser de leurs adversaires. Ceux-ci se ruèrent sur le pauvre Giraud qui se retourna pour se défendre. Alors, Garin, plus sournois et lâche qu'Odilon ne l'eût imaginé, flanqua un coup dans le dos de son adversaire qu'il transperça d'un coup traître dans le dos. Giraud s'effondra sur le sol, inanimé.

Garin, ne perdit pas de temps, il enjamba Giraud et se précipita dans la cour en se dirigeant vers le pont-levis.

-       Garin ! hurla Odilon du haut du parapet.

Celui tressaillit, chercha du regard la voix qui venait de crier son nom, mais ne vit rien.

-       C'est vrai, se dit Odilon que je suis toujours invisible. Maintenant, c'est à moi de jouer. Il est temps que je redevienne visible pour achever le travail qu'il me reste à faire.

Il prit l'escalier qui menait au chemin de ronde et, profitant de l'obscurité, prononça une dernière fois les mots magiques qui le firent redevenir visible.

Chapitre LXVII

Où Garin tente une dernière tentative.
Le duel.

De retour dans la première enceinte après être descendu du parapet, Odilon aperçut Geoffroy aux prises avec trois gardes armés jusqu'aux dents.

-        Un coup de main camarade ? lança-t-il à son attention.
-        Juste pour gagner du temps alors ! répondit Geoffroy qui esquivait une feinte d'un des gardes.

À eux deux, ils ne mirent pas longtemps à venir à bout des trois soldats.

-        Je cherche Garin. L'avez-vous vu ?
-        Par là je crois que je l'ai aperçu tout à l'heure, répondit Geoffroy en montrant d'un signe de tête le pont-levis.

Garin était là en effet. Il cherchait à passer, mais les hommes de Geoffroy bloquaient le passage. Il se retourna et vit Odilon qui venait vers lui. Il prit peur.

-        Non ! cria-t-il. Tu ne m'auras pas Odilon !

Il regardait de tous côtés cherchant une échappatoire, mais il n'en trouva pas.

-    Rends-toi Garin. Tu es perdu !
-    Jamais ! Viens me chercher si tu le peux.

Tout en disant ces mots, Garin avait fait demi-tour et revenait vers le perron. Odilon comprit ses intentions et s'élança sur Garin, mais celui-ci avait atteint le perron avant lui.

Ils s'engouffrèrent ensemble dans le grand escalier. Garin se retourna et vit Odilon qui le suivait de près. Il accéléra l'allure et se rua dans le tunnel qui menait au cachot, Odilon sur ses talons. Il sauta in extrémis par-dessus les corps des trois gardes tout en cherchant Hermeline du regard.

Le bruit l'ayant alertée, Hermeline sortit du cachot.

-    Éloigne-toi, Maman ! cria Odilon. Ne reste pas là !

Odilon avait maintenant presque rattrapé Garin, il amorçait un plongeon pour lui enfreindre les pieds, mais Garin fut plus rapide et avant qu'Odilon ne puisse réagir, Garin se précipita sur Hermeline et pointa sa dague sur le cou.

-    Approche et elle est morte ! hurla Garin en se reculant un peu à l'écart.

Dans l'encadrement de la porte du cachot apparurent Aliénor et Adeline suivies de près par Bertille, Laudine et Nicolette qui avaient été alertées par le bruit et qui fermaient la marche.
Mais c'était déjà trop tard. Aliénor tenta d'intervenir, mais Garin enfonça la lame de sa dague encore plus fort dans la chair d'Hermeline qui poussa un petit gémissement.

-    Un pas de plus et elle est morte ! répéta Garin.

Aliénor se ravisa.

- Viens, Odilon. Avance, je n'attends que cela, dit Garin qui tenait fermement Hermeline par le cou.

Odilon s'était immobilisé. Il fit signe aux autres femmes de ne pas intervenir.

- Ne faites rien, dit Odilon. Ne bougez pas. Laissez faire Garin.
- Bien Odilon. Voilà qui est raisonnable !

Garin s'avança vers Odilon.

- Pose ton arme Odilon ! ordonna Garin

Odilon s'exécuta. Garin somma Hermeline de le suivre. Il se glissa derrière Odilon et suivit le tunnel en direction de l'escalier.

- Où comptez-vous m'emmenez ? demanda Hermeline.
- Vous me servirez d'otage pour m'échapper. Puisque je n'ai pas pu vous tuer tout à l'heure, c'est votre propre fils qui le fera à ma place maintenant. S'il veut me tuer, il faudra qu'il vous tue avant ! Ahahah...
- À moins que ce soit lui qui ne vous tue, Garin ? osa Hermeline.
- Trêve d'ironie. Avancez.

Ils partirent à reculons jusqu'à l'escalier.

- Ne tentez rien ! cria Hermeline avant de disparaître. Faites confiance à Odilon !

Garin et Hermeline disparurent au bout du tunnel en tournant vers l'escalier. Une fois qu'ils furent hors de vue, Laudine lança en direction d'Odilon :

-       Par ici Odilon, suivez-moi !

Cela dit, elle partit en courant avant que quiconque n'ait pu la retenir.

Odilon, surpris, suivit Laudine. Ils ne tardèrent pas à rattraper Garin et Hermeline qui avaient atteint la grande salle et se dirigeaient vers le perron.

-       C'est ce que je pensais dit Laudine tout bas à Odilon. Il va tenter une sortie par le pont-levis.
-       Mais il n'y a plus de pont-levis ! fit remarquer Odilon.

Laudine ne releva pas la réflexion d'Odilon. Elle lui fit signe de le suivre. Elle entra dans la grande salle à l'endroit même où Odilon avait assisté à l'entrevue entre Garin et Raoul peu avant le tournoi, se glissa derrière la grande tapisserie qui pendait au mur et disparut comme par enchantement. Odilon la chercha un moment des yeux, mais ne la trouva pas.

-       Laudine ? Où êtes-vous ? chuchota-t-il. Se pourrait-il qu'elle possède, elle aussi des pouvoirs magiques qui rendent invisible se demanda-t-il l'espace d'un court moment.

Mais il fut interrompu par une petite voix assourdie qui lui dit :

-       Je suis là ;
-       Mais où ? insista Odilon ;

Laudine passa alors la tête derrière la tapisserie.

- Mais là voyons Odilon ne me dîtes pas que vous ne connaissez pas ce passage secret !
- Mais non ! C'est extraordinaire ! Je pensais les connaître tous dans ce château !

Ils empruntèrent une petite porte secrète cachée derrière la tapisserie et se retrouvèrent dans un long tunnel. Ils coururent aussi vite qu'ils le purent le long d'un couloir qui les mena jusqu'a un petit renfoncement.

- Mais où sommes-nous ? demanda Odilon. On dirait qu'on s'éloigne du château ?
- Plutôt oui ! répondit Laudine essoufflée. On se trouve tout prêt du pont-levis.

Elle ouvrit une porte qui donnait à deux pas du guichet à l'instant même où Garin apparaissait au pied du donjon.

À peine étaient-ils sortis qu'un soldat qui se trouvait non loin de là se rua sur eux. Odilon n'eut que le temps de se placer devant Laudine pour la protéger avant que l'épée du garde ne la transperce. Il para le coup et voulut régler son compte à l'homme en lui affligeant un coup mortel à l'aide de sa dague, mais celui-ci riposta et engagea un duel féroce.

Laudine, parvint à se glisser hors d'atteinte et héla Geoffroy qui venait vers eux.

- Il faut aider Odilon, s'enquit-elle.
- Je ne crois pas que cela sera nécessaire. Il semble très bien se débrouiller !

Laudine jeta un coup d'œil derrière son épaule gauche : Garin avait commencé à traverser la cour, tenant toujours Hermeline fermement par le cou. Personne ne semblait s'interposer à lui. Il avait presque atteint le pont-levis qu'Odilon était encore aux prises avec le soldat.

-       Odilon, pressez vous, s'il vous plait. Votre mère... Garin... ils s'en vont.

Odilon transperça le corps de son agresseur et se retourna au moment où Garin et Hermeline arrivait tout près du pont-levis et donc non loin de lui.

-       Cette fois Garin, tu ne m'échapperas plus ! hurla Odilon en s'avançant vers Garin.
-       Viens   me   chercher   Odilon !   répondit   celui-ci   en resserrant son étreinte sur Hermeline. Viens et si tu t'approches trop, tu auras le cadavre de ta mère sur la conscience !

Odilon chercha Geoffroy du regard : celui-ci, toujours derrière lui, assistait à la scène. Il fit un signe de la main indiquant à Odilon qu'il allait tenter de prendre Garin à revers. Puis, il se faufila entre les corps qui jonchaient le sol.

Par respect, les soldats autour d'eux avaient baissé les armes, les duels s'étaient arrêtés. Tous attendaient, inquiets de connaître l'issue fatale de ce combat. Beaucoup était surpris de l'attitude de Garin. Certains avaient appris la mort de Giraud et peu étaient ceux qui approuvaient Garin d'avoir agi ainsi. En outre, ils jugeaient durement Garin de ne pas avoir eu le cran de se battre en duel contre Giraud. Nombreux étaient ceux qui ne savaient plus à qui obéir ni qui était leur chef. Alors, ils attendaient, haletant que la scène soit terminée.

-       Tu es perdu Garin, rends-toi ! lança Odilon. Toute lutte est inutile nous sommes trop fort pour toi !
-       Jamais ! Tu m'entends, Odilon. Jamais ! Viens me chercher, si tu en as le cran ! Allez, viens ! Qu'attends-tu ? As-tu peur ? Toi, le vaillant chevalier ? Oh, mais non suis-je bête tu crains pour ta mère ! Hein c'est ça ! Et bien, tu peux avoir peur, car je vais la tuer là sous tes yeux ! Ahahah. Quelle meilleure vengeance pouvais-je avoir !

En disant ces mots, il enfonçait sa dague dans le cou d'Hermeline qui se débattait maintenant avec rage.

Odilon cherchait à gagner du temps. À chaque phrase, il tentait de s'approcher un peu plus vers Garin. Mais, plus il s'approchait et plus Garin reculait enfonçant toujours plus profondément sa dague dans le cou d'Hermeline.

-       Continue, mon vieux ! À ce train-là, ta mère ne serait pas longue à rendre l'âme.
-       Et après elle, ce sera toi, Garin, répondit Odilon avec un air de défi. Tu ne t'en sortiras pas vivant et la mort de ma mère ne changera rien à ton destin. Tu oublies qu'elle est ton seul bouclier et que une fois morte, tu resteras seul pour te défendre contre moi ! Prends tes responsabilités, Garin ! Bats-toi, comme un homme ! Je t'attends ! Je suis là, devant toi. Montre-nous à tous qu'il te reste un zeste d'honneur !

Tout en parlant, Odilon observait Geoffroy qui était maintenant parvenu juste derrière Garin. D'un coup d'épée bref et précis, Geoffroy transperça le bras gauche de Garin qui maintenait Hermeline par le cou. Garin, hurlant de douleur, lâcha, l'espace d'un bref instant, Hermeline, en se retournant en direction du coup. Odilon profita de ce moment d'inattention de Garin pour se précipiter sur sa mère et la mettre à l'abri derrière lui.

- Cette fois, il te faudra me passer sur le corps pour atteindre me mère dit Odilon. Alors à toi de jouer maintenant.

Garin regarda autour de lui, l'air hagard. Il ne vit que des corps morts et des soldats immobiles, observant la scène.

- Allez-vous autres, attaquez-le ! cria-t-il à leur attention.

Mais aucun soldat ne bougea.

- Qu'attendez-vous ! Attaquez-le ! Tuez-le !

Les soldats ne bougeaient toujours pas.

- Tu vois Garin, tu ne peux plus faillir à tes responsabilités, lança Odilon. Il va te falloir te défendre seul. Plus personne ne veut t'aider. Plus personne ne veut se faire tuer pour toi. Tu as assez de morts sur la conscience, ne trouves-tu pas ?

Garin tournait de tous les côtés. Les amis de Geoffroy qui continuaient à pénétrer à l'intérieur du château par l'intermédiaire des échelles posées en travers des douves s'étaient arrêtés devant la porte, bloquant le passage à Garin qui ne pouvait plus s'enfuir.

Il était cerné de toute part.

Derrière lui, Geoffroy avait levé son épée et s'apprêtait à transpercer Garin, mais Odilon intervint juste à temps.

- Non, Geoffroy, non ! hurla-t-il. Laissez-le-moi. C'est une affaire entre lui et moi ! Moi seul !

Alors, par dépit, Garin sortit son épée de son fourreau et se rua, l'épée en l'air vers le pont-levis. Mais Odilon était à ses trousses et lui emboita le pas. Il le rattrapa, lui barrant le passage.

Garin et lui se retrouvèrent au pied de l'escalier qui menait au chemin de ronde. Ils commencèrent à se battre en duel.

Garin prit peur. Il était surpris de voir comment Odilon se battait ; il avait devant lui un homme alors qu'il avait souvenir d'avoir quitté un jeune garçon, presque un enfant. Odilon paraît bien les coups et les feintes de Garin. Celui-ci ne tarda pas à être à court d'idées pour se débarrasser d'un adversaire de cette taille. Il chercha du regard où il pouvait s'enfuir. Il vit l'escalier qui menait au chemin de ronde, il le prit. Le long des marches, le duel continuait.

Lorsqu'ils se retrouvèrent sur le chemin de ronde, celui-ci était désert : les soldats avaient cessé de se battre dès que Geoffroy avait fait signe à ses amis de se mettre à couvert et de cesser le combat. Ils se tenaient plus loin à l'abri et avaient pris soin d'emporter avec eux leurs boucliers laissant à découvert les créneaux. Il ne restait plus, sur le chemin de ronde, que des corps amoncelés et de l'huile qui brûlait toujours.

Garin ne pouvait plus fuir. Odilon, d'un coup d'épée bien placé, le poussa vers un des tonneaux brûlants. Garin, trébuchant sur les corps amoncelés sur le sol, chercha à se rattraper à quelque chose : il ne trouva que le tonneau et s'y brûla.

- Pourquoi nous en veux-tu à ce point à moi et à ma famille, Garin ? Pourquoi tant de haine ?

- J'ai toujours été jaloux de toi, Odilon, répondit Garin en esquissant une botte. De ta facilité à réussir tout ce que tu entreprenais, de ta beauté, de ton intelligence...

- Mais je n'ai rien de plus que toi ! s'exclama Odilon en parant une attaque.

- Oh si ! Moi je n'ai rien de tout cela et rien n'a jamais été facile pour moi. À chaque visite que je vous faisais en compagnie de mon père, je ressentais un profond dégoût pour tout ce que vous représentiez. Je vous enviais votre fortune et votre bonheur...

- Mais le bonheur se construit Garin jour après jour, et parfois avec effort !

- Arrête Odilon, tu vas me faire pleurer, répartit Garin en tentant de le toucher en plein cœur. Et votre renommée auprès des habitants qui vous aiment tant ! Hein qu'en fais-tu ?

- Mais ils nous aiment parce que nous sommes justes et bons ! Il ne tient qu'à toi de faire de même.

- Je ne sais pas comment on fait moi ! Je ne sais pas ce qu'est la bonté !

- Je t'apprendrai.

- Tu n'en auras pas le temps.

- Et pourquoi ?

- Je t'aurai tué avant.

- Garin, arrêtons-là cette lutte ridicule.

- Jamais.

Depuis la cour, tous assistaient à la scène. Hermeline, tremblant de peur pour son fils, observait la scène en serrant très fort la main de Bertille. À chaque attaque de Garin, elle retenait sa respiration ; à chaque coup manqué, elle poussait un soupir de soulagement.

Les deux hommes se battaient comme des forcenés.

- Par pitié Garin arrête-toi pendant qu'il est encore temps.
- Jamais je t'ai dit ! Tu es sourd ? J'ai été trop loin maintenant, il faut que je termine ce que j'ai commencé.
- Mais tu as déjà perdu Garin. Même tes partisans ne te suivent plus. Jette un coup d'œil en bas, les duels sont arrêtés.
- Qu'images-tu Odilon que je vais suivre ton conseil et pendant que je regarderai en bas, tu me transperceras d'un coup de traître !
- Mais non ! hurla Odilon. Je ne suis pas comme toi !
- Et oui ! Tu l'as dit nous sommes bien différents tous les deux ! J'ai profité de l'occasion qui m'était offerte, j'ai tenté ma chance et j'ai perdu, voilà tout. Je n'ai d'ailleurs toujours pas compris pourquoi !
- Parce que trop de haine fait le lit du bien Garin se surprit à répondre Odilon en évitant de justesse une botte dont Garin avait le secret, mais dont il venait de trouver la parade. Tu as trop de haine en toi ! Rends-toi, il est encore temps !
- Me rendre ? Ah ah ! Jamais ! M'entends-tu jamais ! Et il tenta une nouvelle botte qu'Odilon para avec autant de facilité que la précédente.
- Même mes bottes, tu arrives à les parer ! s'exclama Garin par dépit.
- Parce que je te connais Garin, tu veux trop faire le mal. Je te devine, voilà tout. Et c'est très facile crois moi. Pour la dernière fois, rends-toi. Je peux te tuer quand je le veux et mettre fin à cette mascarade. Je connais tes feintes et tes bottes maintenant : tu es perdu.
- Alors, tue-moi Odilon ! Qu'est-ce que tu attends ? lança Garin d'un air de défi

C'est alors que Garin recula et se retrouva contre une meurtrière. Comme il ne s'y attendait pas, il perdit pied et fit un mauvais pas qui lui fit perdre l'équilibre.

- Au secours ! Odilon supplia-t-il. Je vais tomber aide moi.

Odilon se précipita et le rattrapa par son manteau. Mais, depuis le terrain extérieur, un des archers aux aguets décocha une flèche qui transperça Garin entre les deux omoplates avant qu'Odilon ne puisse intervenir.

Garin tressaillit et hurla de souffrance. Odilon lâcha prise. Garin poussa un gémissement terrible et tomba à la renverse dans le fossé.

Odilon se pencha en prenant appui sur le créneau. C'est alors qu'il vit les amis de Geoffroy, lui faire signe et repêcher le corps inerte de Garin dans les douves.

Chapitre LXVIII

Un retour tardif et inattendu
Où l'on apprend ce que sont devenus Hugues et Olivier et
où la paix revient

Dans la cour, l'émotion était à son comble. Tous les regards étaient rivés sur le chemin de ronde qu'Hermeline ne quittait pas des yeux depuis que le cri avait retenti. Tous attendaient, en retenant leur respiration, de savoir qui était le vainqueur de ce duel mortel.

De l'endroit où ils se trouvaient, en effet, les combattants regroupés dans la cour du château ne pouvaient voir la scène qui s'était déroulée de l'autre côté du parapet, du côté des douves. Tous les spectateurs de ce combat mortel n'avaient donc pu qu'entendre le cri poussé par Garin sans savoir qui l'avait poussé.

Les minutes qui suivirent parurent une éternité à Hermeline qui compressait dans sa main celle de Bertille se sentant défaillir à chaque seconde.

Soudain, une tête passa par-dessus le parapet : ce fut celle d'Odilon sain et sauf.

-       Odilon ! cria Hermeline. Mon chéri, tu es vivant !

L'émotion la fit défaillir au point que Bertille et Aliénor durent la soutenir.

- Arrêtez de vous battre ! cria Odilon du haut du parapet. Rendez-les armes ! Je suis Odilon, le fils de Hugues de Beaufort. Je vous somme d'arrêter cette bataille ridicule.

Tous les hommes regroupés dans la cour du château se regardèrent en silence, puis d'un commun accord sans avoir besoin de se concerter, ils déposèrent les armes au centre de la cour et vinrent se recueillir aux pieds d'Hermeline avant de s'aligner un peu plus loin.

Bertille courut à la rencontre d'Odilon, grimpa sur le chemin de ronde et se précipita dans ses bras, l'enlaçant et l'embrassant tendrement.

- Tu es mon héros ! lui chuchota-t-elle à l'oreille.
- Un héros bien fatigué sœurette ! Mais si heureux d'avoir réussi !
- J'ai toujours su que tu réussirais Odilon, dit une voix qui provenait du haut de l'escalier en colimaçon qui menait au chemin de ronde.

Bertille et Odilon tournèrent la tête et furent surpris de voir Adeline qui avait suivi Bertille pour se rendre au-devant d'Odilon.

- Oh... C'est vous ? fit Odilon gène.
- Nous nous vouvoyons à présent ?
- Euh non... Je... fit Odilon qui, comme à chaque fois devant Adeline se sentait perdre ses moyens.

Bertille qui comprit qu'elle était de trop, fit mine de devoir redescendre.

- Bien. Je vous laisse. Je vais rejoindre Maman : elle a bien besoin des soins attentifs de sa fille, dit-elle en faisant un clin d'œil à son frère qui lui jeta un regard interrogateur.
- Va Berty, dit-il, je te suis.

Bertille passa derrière Adeline et disparut dans l'escalier. Adeline s'approcha d'Odilon.

- Vous êtes une bien valeureux chevalier lui dit Adeline. Mais je vous préfère ainsi qu'en moine !
- Ainsi c'était bien vous que j'ai aperçue dans la cour du monastère ?
- C'était bien moi ! fit Adeline souriante.
- Vous m'aviez paru si belle ! osa Odilon.
- Vous m'aviez paru si gentil ! enchaîna Adeline.
- Ah ? Vous… Euh… Vous avez fait attention à moi ?
- J'avais en effet remarqué un bien joli garçon qui me semblait bien peu à sa place au milieu de tous ces moines.
- Ah oui ? fit Odilon surpris et heureux de l'intérêt que lui portait Adeline.

Adeline s'approcha plus près d'Odilon jusqu'à lui toucher la main.

- Et bien, dit-elle, nous allons avoir tout notre temps pour faire connaissance maintenant.
- Avec un immense plaisir, acquiesça Odilon.

Et rompant avec sa timidité habituelle, il prit la main d'Adeline.

Des cris de joie s'élevèrent dans la cour du château, succédant aux cris de guerre.

-       Qu'y a-t-il, demanda Odilon en se penchant du haut du parapet.
-       Il y une colonne qui arrive en direction du château Odilon cria Geoffroy. Je crois bien reconnaître Robert à sa tête !

Odilon regarda dans la direction indiquée par Geoffroy : au loin, il vit arriver Robert et frère Aubin accompagnés d'une escouade de soldats. Son cœur tressaillit de bonheur. Il descendit du chemin de ronde, Adeline sur les talons et se retrouva dans la cour au moment où Robert entrait après avoir emprunté le pont-levis de fortune fabriqué par Geoffroy à l'aide de deux échelles posées en travers des douves.

-       Robert ! s'exclama Odilon.
-       Mon petit gars ? Tu es sain et sauf !

Ils se firent une accolade à la suite de quoi, ils se dirigèrent tous deux en direction d'Hermeline qui se tenait sur le perron aux côtés d'Aliénor et de Bertille.

-       Madame, dit Robert en s'inclinant devant Hermeline avec une grâce et une élégance qui surprirent Odilon. Votre époux, sire Hugues de Beaufort est sain et sauf.

Hermeline poussa un soupir de soulagement en posant sa main sur sa poitrine.

-       Et le vôtre également, Madame, continua Robert en se tournant vers Aliénor qui lui sourit.

- Racontez-nous vite Robert comment vous avez retrouvé mon père ? interrogea Bertille.

- Il nous fallut deux bonnes heures de galop pour arriver au campement des soldats. Là j'ai demandé à voir Sire Hugues et l'on me mena à lui. Il s'enquit tout de suite de votre santé à vous Madame et celle de sa famille.

Je lui fis alors le récit de ce qui se passait dans le Comté depuis son départ : la trahison de Garin, les lupus qui semaient la terreur dans la région, votre prise d'otage... et lui fis part de nos craintes pour le château quant à l'issue de la bataille qui se menait pendant que nous parlions.

Il parut très perturbé par ces informations et m'avoua qu'il avait fait halte à quelques heures du Comté après avoir entendu des rumeurs propagées par des voyageurs le long de la route : il était question de prise de pouvoir. Ces voyageurs avaient été peu enclins à rester dans la ville compte tenu de ce qui s'y passait. Aussi avait-il envoyé en éclaireurs quelques soldats afin de vérifier la véracité de ces rumeurs, préférant la prudence à l'assaut à l'aveugle.

Ces hommes n'étaient pas encore revenus lorsque nous arrivâmes, mais je me demandais si ce n'était pas la raison du départ précipité des hommes que nous avions vu quitter promptement le château en direction de la ville quelques heures auparavant.

Il conversa quelques minutes avec Sire Olivier des suites à donner à cette affaire et il fut décidé que l'escadron serait découpé en trois parties : Sire Hugues prendrait la tête de la première colonne qui se dirigerait vers la ville ; Sire Olivier commanderait la deuxième avec pour objectif d'aller porter secours à l'abbaye ; quant à la troisième, le Comte me fit l'insigne honneur de m'en confier le commandement avec pour ordre de me ruer à brides abattues vers le château pour vous sauver Madame, et porter renfort à Odilon. On peut donc supposer

Madame qu'à l'heure où nous parlons, la ville est obérée et l'abbaye sauvée.

Il fit une pause et regarda autour de lui. Puis, il ajouta.

-       Mais je vois que j'arrive trop tard pour vous aider !
-       Au contraire Monsieur, vous arrivez à temps pour savourer notre victoire à tous ! Rien ne pouvait me faire plus grand plaisir que ce que vous venez de me conter et je ne peux vous faire partager ma joie et mon soulagement de voir mon époux bien aimé, retrouver dans peu de temps sa famille et reprendre au plus vite ses fonctions. Le Comté en a bien besoin.

Geoffroy s'était approché assez près de Laudine et de Nicolette. Celles-ci le regardaient avec intérêt depuis quelques minutes. Il leur semblait le connaître, mais elles ne pouvaient expliquer cette impression étrange.

-       Nicolette ! Laudine ! Je suis Geofroy, votre père mes chéries !

Laudine et Nicolette se regardèrent interloquer.

-       Notre père, firent-elles en cœur ?!
- Mais je vous croyais mort, s'enquit Nicolette en s'approchant de Geoffroy.
-       Je sais, je sais ma chérie, mais je vais vous expliquer.
-       Plus tard Papa ! coupa Laudine. Pour le moment, réjouissons-nous avec les autres de votre retour !

Geoffroy les serra toutes les deux sur son cœur. De grosses larmes de bonheur perlèrent dans ses yeux.

Rassemblant les dernières forces qui lui restaient, souffrant atrocement des blessures causées par la torture qu'elle avait subie, Hermeline s'avançait sur le perron et s'adressa aux hommes restés silencieux tout le long du récit de Robert.

- Messieurs, si dans un proche passé nous fûmes séparés, j'ose espérer que pour l'heure vous accepterez de fêter avec nous la victoire du bien sur le mal, de la paix sur la guerre, de l'amour sur la haine. Mon époux, sire Hugues de Beaufort, se chargera de vous écouter tous, dès son retour, afin de comprendre ce qui a pu se passer et les raisons qui ont poussé certains d'entre vous à rejoindre le camp de Garin. Loin de moi de me mêler à la politique, je veux seulement que ce moment soit un moment de paix et de retrouvailles pour chacun de nous. Pansons nos blessures, cicatrisons nos plaies et réunissons tous autour du verre de l'amitié ! Je ne sais ce qui reste encore dans nos caves, mais je pense que nous trouverons bien dans la cuisine de quoi vous contenter tous !

Elle se tourna vers Laudine et Nicolette qui, avant même qu'Hermine ait fait un signe, courrait déjà jusqu'à la cuisine.

- Odilon va vous guider jusqu'à la salle des gardes qui pour l'occasion sera la salle des fêtes !

Hermeline tourna la tête vers Odilon, mais ne le vit pas.

- Odilon ? Où est Odilon ? demanda-t-elle à la cantonade.
- Il s'est éclipsé pendant que tu parlais Maman, répondit Bertille. Je crois qu'il est monté sur le chemin de ronde. Je vais le chercher.
- Non, non ma chérie. Laisse le un peu seul : il en a bien besoin. Il a passé des heures si difficiles et je suis si fier de lui !

Hermeline et Aliénor se regardèrent, se lancèrent un regard convenu et sourirent ensemble.

Puis, Hermeline ajouta en direction des soldats qui attendaient devant le perron.

-	Alors Messieurs, c'est moi qui vous servirai de guide ! Suivez-moi s'il vous plait.

Tous applaudirent et suivirent Hermeline à l'intérieur du château.

Épilogue

Odilon était en effet remonté vers le chemin de ronde pour avoir un peu de solitude.

Il passa devant le créneau d'où Garin était tombé, fit halte quelques secondes, puis continua son chemin jusqu'au tournant.

Il avait le cœur lourd et il était si fatigué qu'il lui semblait qu'il pesait une tonne ! Mais, dans le même temps, il se sentait soulagé d'avoir réussi.

Il sortit l'anneau de sa bourse et le prit dans sa main.

\- Tu m'as rendu de fiers services, murmura-t-il. Mais je dois maintenant me séparer de toi ! Si la sorcière a dit vrai, je ne veux pas que cet anneau puisse forcer le destin de l'amour. Chacun doit être libre de sa route !

Il se pencha par-dessus le créneau et jeta l'anneau dans les douves. Un léger « plouf ! » lui indiqua qu'il avait atteint la surface de l'eau.

Alors qu'il se relevait, il entendait une voix tout près de lui.

\- C'est très bien mon petit ce que tu as fait là !

- Maître Han ! sursauta Odilon en sautant au cou du vieil homme qui assis sur le rebord du créneau, les jambes en équilibre faillit perdre l'équilibre et tomber dans les douves à son tour.

- Et ! Attention à ta force, mon petit ! Tu ne veux pas que je me noie tout de même !

- Oh non, Maître Hann. Vous êtes là !

- Mais bien sûr que je suis là sur mon enfant ! Crois-tu que je t'aurais laissé seul dans des moments pareils. J'ai assisté à ta victoire et je te félicite.

- Mais je voulais vous remercier, tellement fort pour tout ce que vous avez fait. Je vous dois tant !

- Mais qu'ai-je fais ?

- Mais tout ! C'est grâce à vous si j'ai réussi à sauver ma famille !

- Ah bon ? Ce n'est pourtant pas moi qui tenais ton épée, je crois !

- Oh arrêtez ! Je vous vois venir !

- Tu ne vois rien du tout. Mais à mon tour de te dire tout le bien que je pense de toi. Je suis fier de toi Odilon. Tout ce que tu as accompli, c'est toi et toi seul qui l'as fait sans l'aide de personne d'autre que toi !

- C'est ça ! Bien sûr !

- Tu y es arrivé en étant fidèle à toi-même, à ta ligne de conduite, à ce que je t'ai appris et en restant toi-même maintenant que tu te connais bien

- Je n'y serais jamais arrivé sans vous

- Mais si, mais si. Tout ce que je t'ai appris, tu l'avais déjà en toi, à l'intérieur de toi. Il fallait seulement le faire sortir : tu as mangé les noisettes de la connaissance, ajouta le vieux sage malicieusement.

- C'est vrai. Je me sens différent. Peut-être ai-je acquis une certaine forme de sagesse, dit Odilon avec ironie.

- Tu apprendras toute ta vie, mon petit. La vie est faite pour cela ! Mais tu es devenu un homme maintenant, tout simplement.
- C'est peut-être cela en effet.
- Il ne te reste qu'une seule chose à faire.
- Laquelle ?
- Continuer à gravir, chaque jour, une à une les hautes marches qui mènent à la sagesse. À toi de continuer à te cultiver. C'est à force de travail et de persévérance que l'on parvient à la perfection.

Un nuage l'enveloppa soudain tout se brouilla autour de lui : Odilon pleurait comme il n'avait plus pleuré depuis si longtemps, il n'en avait pas eu le temps. Il se rendait compte qu'il s'était attaché à ce vieil homme et l'émotion l'étreignait.

- Je ne vous oublierais jamais Maître Han.
- Mais j'espère bien mon petit. Il ne manquerait plus que cela !
- Vous serez de la fête ce soir ?
- Tu n'as plus besoin de moi Odilon. Maintenant, tu dois aller seul. Tu en es tout à fait capable.
- Je ne suis pas d'accord avec vous : j'ai encore besoin de vous, j'aurai toujours besoin de vous !
- Je serais toujours là, je te l'ai déjà dit, toujours. Caché à l'intérieur de toi, ajouta Maître Hann en lui pointant un doigt sur son cœur.

Les larmes lui brouillaient le regard, mais Odilon s'obligeait à garder les yeux ouverts autant que faire se peut. Il les ferma cependant l'espace d'un instant, un court instant, mais quand il les rouvrit une épaisse fumée blanche l'obligea à les fermer à nouveau.

Lorsque la fumée se fut dissipée, Maître Hann avait disparu : Odilon restait seul sur le chemin de ronde !

Instinctivement, il leva les yeux. La nuit était tombée, la lune resplendissait et brillait de tous ses feux, illuminant le ciel de sa lumière blanche. De part et d'autre, des milliers d'étoiles scintillaient dans le ciel qui ressemblait à s'y méprendre à celui qu'il avait vu le jour où, après avoir quitté l'abbaye, il avait rencontré le vieux sage pour la première fois.

Il se prit alors à rêver. Il scruta les étoiles avec attention, cherchant au hasard celle qui était plus brillantes que les autres. Il la trouva soudain, placée, humblement, un peu en retrait. Mais sa lumière, plus scintillante que celle des autres, presque aveuglante même, provoquait un sillage si profond dans le ciel qu'Odilon la reconnut comme étant celle qu'il avait distinguée la première fois qu'il avait vu le vieux sage.

Odilon regarda intensément cette étoile, espérant tout au fond de son cœur un signe que lui ferait Maître Hann.

Puis soudain, sans qu'il ne puisse l'expliquer, il était certain, il l'aurait juré, cette étoile lui fit un clin d'œil !

Table des matières

Tome 3 : La vengeance

Epilogue